Guy Goffette

Un été
autour du cou

Gallimard

Né en 1947, Guy Goffette a été tour à tour enseignant, libraire, éditeur des cahiers de poésie *Triangle* et de *L'Apprentypographe*. Aujourd'hui, il travaille dans l'édition et vit à Paris. Poète, il a publié une quinzaine de livres et a obtenu en 2001 le Grand Prix de Poésie de l'Académie française pour l'ensemble de son œuvre.

Peut-être qu'il fait toujours nuit quand on a grandi ?

ANTONIO LOBO ANTUNES

Je ne suis qu'un pauvre homme… Une femme, deux femmes, trois femmes… Voilà ma vie. Maintenant, je suis dans la nuit, seul, séparé de la nuit par ma peur. Il faut que je sois heureux, il faut que nous soyons heureux…

JUAN CARLOS ONETTI

1

La Monette avait tout, savait tout ; moi, rien.
Elle m'a pris sous son aile, m'a roulé dans ses
draps puis dans la farine.
Puis foulé aux pieds,
puis jeté dehors.
J'avais douze ans à peine ; elle, trente de plus.

2

Si seulement ç'avait été des bonbons roses ou verts ou bleus, n'importe, des bonbons acidulés qui fondent lentement sous la langue avec un goût de jardin sauvage, d'iode, de revenez-y ; si seulement elle me les avait offerts, caramels, dragées, pralines, que sais-je, comme une grande sœur, une marraine de communion, en me regardant droit dans les yeux, rieuse, complice un peu, et pas la bouche gourmande, les lèvres entrouvertes, gonflées, humides, brillantes comme sur l'affiche du cinéma Lux qui me faisait m'attarder longuement au retour de l'école ;

si elle m'avait enveloppé en douceur dans sa voix de renarde, traînante comme la steppe, le temps que s'arrondissent au fond de ma gorge l'accent et le souffle, jusqu'à ce qu'ils me deviennent naturels et familiers comme un galet longtemps poli par la mer, le même que celui que je serrais dans ma poche en la regardant, chaud et moite et presque fondant tout à coup, au lieu d'en remettre comme elle avait fait sur la langueur et le rauque d'une sirène de lupanar ;

si elle m'avait aimé avec sa voix seulement, du bout des lèvres, susurrante et mouillée, câline comme un creux d'herbes moussues, de quoi rêver à l'amour et m'ouvrir lentement au mystère de la femme, au lieu de me jeter sa chair nue à la figure et de m'obliger à y boire, la tête maintenue dans le feu du torrent, moi qui ne connaissais que l'eau du robinet,

j'aurais pu continuer de grandir à mon rythme de petit campagnard rêveur et délicat, marcher en sifflotant dans la rue comme le gamin que j'étais encore, sans honte aucune de mes bras maigres et de mes culottes courtes ; j'aurais pu continuer de dire papa à mon père, et maman, et bonjour madame sans rougir, et donner des ordres à mes soldats de plomb sans que ma voix se mette soudain à douter d'elle-même, à trembler ; et parler encore chaque soir après l'école à mon lapin comme à un petit frère dodu, caressant, et le nourrir avec la carotte dérobée au potager voisin ou avec l'herbe folle des talus ; j'aurais pu oublier de me laver les dents de temps à autre ou de changer de chemise, de chaussettes ; et jouer encore à qui pissera le plus haut contre le mur de l'église, fumer derrière la haie avec le fils du médecin les cigarettes blondes qu'il barbotait à son père et qui nous faisaient déchirer le ciel en toussant comme des malades ; ou, dans le hangar abandonné, derrière les barils vides qui empestaient l'essence et la benzine, toucher la fente lisse et légèrement rougie sur les bords de la petite Pauline, la fille du voisin, une grassouillette aux yeux de poisson, et consentir finalement à lui montrer comme promis mon machin à moi qu'elle aimait serrer dans sa main jusqu'à ce que la chaleur me monte au ventre et que ça durcisse ; j'aurais pu manger encore avec les doigts, graisseux, ongles en deuil, et cracher par terre comme Julos le marin depuis qu'il était revenu de l'Arctique, sourd et manchot, et passait son temps à taper la carte et à raconter aux gosses attroupés ses combats solitaires avec des cachalots gigantesques qui le poursuivaient ; j'aurais pu me curer le nez derrière *Zig et Puce* en attendant que mon père me propose le tisonnier, tellement plus commode et efficace, n'est-ce pas ? et finir tout de même par m'essuyer les doigts au bord des nappes et sur le dessous des chaises ; j'aurais pu supporter de dormir encore dans la sueur et la morve de mon frère cadet quand il y avait en bas une soirée avec cartes, tricots, liqueurs, alcools et cent histoires salées qui faisaient s'esclaffer les hommes ; supporter d'être exclu de la société des grands, et ronger mon frein, allongé contre le petit renifleur endormi, de ne pas pouvoir rire avec eux, même sans rien comprendre, simplement rire, contagieusement rire, solidaire enfin et définitivement homme ; j'aurais pu voir encore et encore la mer au fond du jardin et toute la nuit l'entendre rouler à grand fracas ses eaux consolatrices derrière la rangée de peupliers où le vent larguait toutes les voiles, et puis partir, partir enfin, partir déjà, embarquer avec Colomb, Vasco de Gama, le bras coupé de Julos, pour cette terre sans horizon où flottent les banquises et les bisons du Grand Manitou.

J'aurais pu, surtout, le cœur léger, marcher longtemps, longtemps avec une rose à la main vers une jeune fille aux jambes nues, tout partager avec elle et n'avoir plus de secret.

3

Il y a belle lurette de cela hélas, et rien n'a changé : les si sont des bouteilles où la mer n'entre jamais, et comme le bleu monte au ciel, le vert à l'herbe et le rouge au front, la rose a fané, la jeune fille aux jambes nues, un autre l'a aimée, et c'est à peine si je peux revoir encore cet enfant de onze ans sous le masque du vieillard que je suis devenu, moi qui vis à présent retranché du monde dans une caravane à moitié enterrée à la lisière de la forêt, un bas de femme autour du cou, mort ou tout comme, et qui n'attends plus rien.

N'empêche, j'aurais bien aimé ne plus devoir mentir, pouvoir me regarder en face et dire *je* enfin, oui, *je* tout simplement, sans l'ombre d'un regret, d'un remords. Dire : moi, Simon Sylvestre, ex-Casanova de campagne, don Juan à la petite semaine, vil écumeur de lits, amant de poche, infidèle, obsédé, lubrique, aujourd'hui sans désir, les yeux vides, le cœur en déroute, l'âme enfouie dans une taupinière, le diable sait laquelle, je fus cet enfant de onze ans, triste et timide et gauche, avec ses poches bourrées de billes de verre, ses soldats de plomb ; je fus cet enfant-là tout entier, chair et os et âme, avant qu'on me le vole, qu'on me l'enlève en m'obligeant à revêtir à mon cœur défendant un corps d'homme fait, un corps soudain qui pèse son poids d'ombre et de vertige, et prend plaisir au jeu des formes, comme avec ces volumes en bois ou plastique coloré que les petits emboîtent en gazouillant ou jettent, impuissants et rageurs, sur le parquet, avec des cris de goret qu'on égorge ; un corps soudain qui se met à jouer, jouer, jouer jusqu'à plus soif, jouer à l'amour braque ou foldingue avec sa vie et celle des autres, les douces, les timides, les qui font tapisserie, les boutonneuses, les inquiètes, les crédules, et gare aux larmes, gare aux cris, gare aux corps démâtés, bateaux épars sur quels récifs : ces oreillers déchirés, ces seins battus, ces visages de petits matins tristes quand le fard n'est plus qu'un barbouillage, ces jambes désarticulées qui traînent dans la chambre comme dans la coulisse d'un théâtre poussiéreux.

J'aurais bien aimé, comprenez-moi. Pour avoir moins mal, sortir du trou, recommencer quelque chose peut-être qui s'apparente à l'amour, quelque chose de pur, de tendre, de vivant qui réconcilierait une fois pour toutes ce corps, aujourd'hui rejeté comme un vieux jouet, sans usage, au fond de la mémoire, et cet enfant d'avant le drame, quand la forêt était encore pleine de merveilles et de secrets, et puis mourir en paix avec moi-même comme la forêt avec tous ses oiseaux, alors que je tremble tous les soirs comme un geai dépossédé de son cri à l'approche des chasseurs.

Les jours de grands vents, surtout, quand les arbres se balancent dans mon dos et que la caravane se met à tanguer, j'ai peur que le vertige me prenne, que le vide de ma propre vie m'envahisse, que la mémoire se rouvre comme une plaie et que le goût âcre du sperme et des larmes me remonte à la gorge. Alors, pour lutter contre ça, pour redonner un sens aux images qui m'assaillent, en articuler le cours avec l'illusion de pouvoir le dériver un peu, je parle, je parle tout seul dans le noir, j'insulte la ténèbre, je me refais l'histoire de Simon, telle que je m'en souviens, telle que je l'ai oubliée, telle que je me la réinvente encore et encore comme un conte à la veillée d'hiver pour endormir la nuit et tous les loups : il était une fois, et cætera.

4

Une fois dans un village comme il en existe encore des milliers sans mention sur les cartes, un village avec bois, collines, rivière alentour et des champs verts et des jaunes, blé, colza, terres en friche ; un village perdu, cent feux à peine, toits de tuiles et toits d'ardoises, et rose et gris avec des ruines sans relève, et la petite église même, si elle fut romane par endroits, qui s'en souvient encore ? la révolution et les guerres ont passé, la foudre, le feu, le gel et ce qu'il en reste, plusieurs fois refait de bric et de broc, au petit bonheur la chance, n'est plus qu'un tas de pierres dépareillées dont l'âme a fui, un dimanche en salopette au fond du cimetière.

Dans ce village-là, au premier d'une maison isolée, vouée aux quatre vents, au rhume des foins, au tournis des peupliers ; dans cette maison sans attrait ni signe distinctif, à l'exception d'une petite enseigne décolorée *Bar Tabac*

Alimentation, Simon vint au monde, les draps conjugaux s'en souviennent, et ma mère les a gardés longtemps dans sa chambre, au fond de la haute armoire de chêne, mêlés d'ombres et de voix. Il n'y eut pas d'éclair dans le ciel, pas de coup de tonnerre, ni clameur ni effroi alentour pour saluer ce jour-là, mais la pâleur terrible de l'accouchée qui se vidait de son sang et la course du médecin dans l'escalier, pâle lui aussi, ne sachant plus à quel saint se vouer et redoutant déjà d'affronter, si cela tournait mal, l'homme debout, raide, immobile au pied du lit, les traits tirés, le poing prêt à s'abattre.

Plus tard, on ne se souviendrait que des forceps dont je garde les marques sur mon front. Entre-temps, l'enfant aurait fait ses premières dents, ses premiers pas, ses premières chutes et, de frayeurs en découvertes, grandi tout seul entre un père à goût d'épice, de tabac et de transpiration, et une mère miel et vanille, confite entre la cuisine et le confessionnal, maternelle aux jours fastes et en public, traînant ses petites misères, tension, varices, migraines comme ses mules à pompons roses par les quatre grandes pièces de l'étage, son domaine, encombré d'un bric-à-brac de brocanteur : meubles lourds de style douteux, vitrines pleines d'une bimbeloterie de foire, guéridons de fer, pendule à coucou, assiettes à scènes champêtres, console

Directoire, Empire, va savoir, où s'étiolaient infiniment des fleurs séchées.

Au bas de l'escalier, interdit par une petite barrière à claire-voie, une fois passé le trou d'ombre qui parle et bruit, s'ouvrait le royaume du père : cageots de fruits et légumes, sacs de café, de poivre, conserves, bouteilles, bocaux de confiseries et, dans un coin, près du zinc, vers la rue et ses lumières, trois tables de bois à toile cirée avec leurs chaises. Voilà ce qui faisait l'orgueil et la gloire du roi en tablier bleu, sa fortune et sa dernière chemise. Voilà le lieu de toutes les tentations pour l'enfant trop petit, mais qui pousse vite et seul son cheval de bois sous la grande table du salon, tandis que maman époussette comme on tousse, en frôlant les meubles, avant de s'affaler, poussive, dans un fauteuil où rêvasser jusqu'à ce que la lumière décroisse, que tombe en bas le rideau de fer et que grincent les marches de l'escalier sous le pas du roi-tabac. Alors, vive soudain, ablette, fourmi, le torchon à la main, tous les sens aux aguets, elle se remettait à vaquer, supputant au cri des marches le degré de fatigue et la longueur des factures qui la sauveraient, pensait-elle, espérait-elle, du poids et de la fureur de la bête qui dort en chaque mâle ainsi que Dieu, par confesseur interposé, le lui a dit et répété.

5

Toute la question était : est-ce qu'on peut retenir un nuage en lui attachant les ailes aux pieds de la table ; capturer l'ombre qui bouge en lui sautant dessus ; enfermer sous ses paupières l'odeur d'une mère, cannelle et petit-beurre, quand elle se penche pour le baiser du soir, et puis regonfler à loisir les seins entrevus pour y boire le lait de la nuit, est-ce qu'on peut ? Simon n'avait pas trouvé de réponse, pourtant il avait tout essayé. En vain : sa mère lui échappait. Souvent même, il s'était battu comme un lion avec le roi-tabac, rigolard et puant la vinasse, pour la protéger des grosses mains velues qu'il promenait comme des mygales sur ses fesses rebondies en regardant, moqueur, le gamin déchiré, furibond, maintenu à distance par le bras ou le pied, tandis que maman se défendait mollement avec des petits cris gloussés de dindon qui rend l'âme, et faisait mine de s'écarter avec des Georges, oh Georges, enfin, voyons, ce n'est pas le moment, Georges, le petit.

— Le petit, qu'est-ce qu'il sait, le petit ? Il est pas près d'être sec derrière les oreilles, va. Et toi, Tili, tu ne perds rien pour attendre.

Simon détestait cette invention de son père : appeler sa mère Tili comme si c'était un chat ou un oiseau, qu'il pouvait faire danser ou chanter à sa guise. Que cette inflexion mielleuse de sa voix disparût instantanément dès qu'il se retrouvait hors de portée, sur le seuil de la boutique ou dans la rue, fanfaron avec les copains de bistrot, abusant d'un *la moukère* goguenard, qui se métamorphosait instantanément en un *ta mère* excédé à l'adresse de Simon quand il l'envoyait voir ailleurs *si j'y suis*, non, non, je ne pouvais pas supporter ça. Maman s'appelle Mathilde, un point c'est tout.

Bref, comme toujours, quand la partie d'empoigne s'arrêtait — et, je me souviens, je ne lâchais pas prise facilement — le roi-tabac, l'œil noir, vaguement furieux, allumait le poste de TSF avant de s'asseoir à table comme on s'écroule, pendant que Simon noyait ses larmes et sa rancœur dans les jupes de sa mère, qui le repoussait alors, rouge, agacée, l'air de la poule aux yeux d'or qu'on vient de rentrer, de priver de soleil, et qui se hérisse contre le grillage.

— Et toi, file te coucher, concluait-il, il est plus que temps.

— Mais Georges, il n'a rien mangé !

— Il sucera son pouce, c'est de son âge.

— Comme tu y vas ! Laisse-le au moins finir sa soupe.

— Allez ouste, du vent, la marmaille. J'écoute.

La famille Duraton, le roi-tabac ne l'aurait manquée pour rien au monde, c'était la seule émission qui l'intéressait au fond, avec Zappy Max, les chansonniers ; la seule qui le faisait rire aux larmes et le redressait ravi, béat, la respiration coupée, le temps suspendu et la cuillère comme une libellule au-dessus du potage, jusqu'à ce que les paupières se remettent à battre et la bouche à laper bruyamment ; la seule famille, oui, pour laquelle il eût jamais quelque indulgence alors qu'il ne passait rien à personne dans son royaume, si ce n'est à Julos, à cause du bras perdu en mer, probablement arraché lors d'une manœuvre maladroite, et au vieux Gus qui avait fait dans l'ordre et dans la boue le Chemin des Dames et la Marne victorieuse. Règlement, honneur, discipline, mamelles de la patrie. Le devoir, tonnait papa, le devoir. Comme en Corée, la main au casque, les talons joints, bien mon capitaine, naturellement mon capitaine, certainement mon capitaine. Mais il escamotait toujours, le moment venu, poussant une pointe de vitesse dans le débit, le fait d'en être revenu au bout de trois semaines, malade, rapatrié dare-dare, bien content d'être sorti du merdier jaune, et sans une égratignure (circulez, y a rien à voir : les plus grandes douleurs, et cætera). L'interrompre, entraver le torrent, profiter de l'ange qui passe pour demander des détails, des explications, insinuer que quand même, et que tout compte fait, c'était à coup sûr le moyen le plus rapide d'essuyer une véritable tempête : le poing s'abattait sur la table, les verres sautaient, il se levait, le visage congestionné, renversait sa chaise Mais nom de Dieu de nom de Dieu, qui tu es, toi, blanc-bec, pour oser me contredire ? Tu y étais sans doute, couillon qui suis ta commère comme un toutou et chie dans ton froc quand un chien se met à gueuler sur ton passage, non, mais des fois. Bon, bon, ça va, motus et bouche cousue, on a compris. Les habitués connaissaient la chanson et faisaient mine d'être tout ouïe, toute, pavillons déployés, et les pupilles au grand large quand mon père, aux jours de griserie, refaisait de la voix et du geste, infatigable, plus vrai que nature, ses batailles imaginaires. Pour un peu, on s'y serait cru, du sang partout, les hurlements des blessés, les schrapnells, le courage qu'il fallait Bon sang de merde, on en a bavé. S'il y avait pas eu la mère au pays, à m'attendre, sûr que j'y serais resté. Pas vrai, Tili ?

28

— Arrête, Georges, tu baves, disait Mathilde, qui se tortillait comme une serviette, debout derrière sa chaise, à vouloir éloigner le plus discrètement possible la grosse bête qui lui poignait les cuisses sous la robe.

— Ah, les femmes, se défendait-il en riant à la cantonade, ça fait toujours plus de grimaces pour un oui que pour un non, et puis quand ça part, ça ne s'arrête plus.

Ils s'esclaffaient comme des gamins. Moi, je ne dormais pas, je ne pouvais pas dormir, j'étais l'enfant que sa mère n'a pas embrassé et qui reste seul dans la nuit grande ouverte de la chambre, flottant comme une barque à la dérive entre le corps moite de Nico, mon petit morveux de frère qui dormait la bouche ouverte avec un petit bruit de lèvres énervant, et le concert des voix, des rires au-dessous qui creusaient le silence comme une caverne, couvrant ses parois d'images grotesques. J'avais dans la bouche un goût de fureur, de ténèbres moisies et, dans les os, la sensation froide du caillou rejeté sur la plage, qui pèse le poids de tous les bateaux sombrés, celui des noyés, du bras de Julos, des seins de maman, des paupières, du noir, de rien.

6

C'est ainsi qu'un jour on a onze ans. Qu'on se nomme Simon ou Simsi, comme m'appelaient mes copains, ne change rien à l'affaire. On a grandi trop seul pour pouvoir distinguer la mauvaise herbe de la bonne, et la gifle qui calme du baiser distrait qu'on efface pareillement d'un revers de manche une fois la porte fermée. On est un animal bien sage sous la table du salon, qui gagne ses galons d'homme au milieu des soldats de plomb et dans des batailles sans merci, sans cadavre. On bâcle ses devoirs sous la lampe pour que rien ne reste en suspens quand la herse de fer s'abat devant la vitrine et que les pas retentissent dans l'escalier. Il suffit bien déjà que les coups pleuvent à chaque pensum rapporté ou devant le carnet de notes étalé sur la toile cirée comme un flagrant délit ; que dans ses larmes, entre les hoquets qu'on exagère pour attendrir maman, on crie par cœur qu'on partira, qu'on ne reviendra plus, ou alors, on sera grand et fort et beau et riche et triomphant, et le village rassemblé sur le pas des portes, aux fenêtres pavoisées ou sur la petite place fleurie, nous fera fête, et papa et maman, figés sur pied, rapetissés, pitoyables, n'en croiront pas leurs yeux, et l'on marchera vers eux, royal et magnanime, on les serrera dans ses bras puissants et ils pleureront tous les deux comme des Madeleine, et la foule retiendra son souffle, unanime dans l'émotion, puis éclatera en applaudissements frénétiques au moment du baiser de réconciliation quand les petits vieux parents souriront enfin, humides et reniflant.

Pour l'heure, j'ai, pardon, Simon a onze ans, il attend la fin de la tempête paternelle, il pleure tant qu'il peut, et le mot partir comme un caillou dans la poche seul soulage. Partir, oui, mais la mer est toujours plus loin que les larmes et tout s'apaise avant qu'on ait mis son manteau. N'empêche, il reste au fond des yeux quelque chose comme du sel — rage ou désir — qui tient la barque à flots et l'avenir ouvert comme un matin de Pâques dans l'herbe bleue du jardin.

Et si, contre la table et devant le cahier où l'encre pleure, les cloches lui sonnent encore, à Simon, c'est par la voix du père, et bing et bang : les beaux œufs sont cassés.

7

Pâques, c'était hier et c'est déjà l'été, comme cette année-là, quand l'enfance de Simon a chaviré d'un coup, à cause de cette femme aux lèvres carmin, à la voix rauque, aux seins d'opéra.

Un été torride, ça n'est pas qu'une image, croyez-moi, la brûlure m'en est restée au fond des os. Pour un peu, je sentirais encore mon cœur battre la chamade comme il battait pour Simon, cette après-midi où, haletant comme un vieux chien, parce qu'il venait de s'arrêter de courir et qu'il avait du mal à retrouver son souffle sous la chemise trempée de sueur, il demeurait assis, cassé, courbé sur une souche au bord du chemin, à contempler entre ses pieds cette herbe qui semblait continuer la course sans lui.

Car à quoi bon lever les yeux au ciel comme un oiseau tombé du nid s'il n'y a rien alentour pour éloigner, ne fût-ce qu'un instant, la menace proférée la veille au soir par le roi-tabac en colère, et qui plane sur Simon comme un nuage noir, d'autant plus noir qu'il est invisible : la pension, rien de moins, dans le collège des jésuites de la petite ville de M. La pension, tu m'entends ? si j'apprends que tu m'as désobéi.

Trop tard. Et Simon qui ne s'était aperçu de rien pendant qu'il fendait à travers champs au mépris des chardons, des branches, des buissons ; pendant qu'il sautait comme un cabri des barrières de fil de fer barbelé, escaladait la colline comme une taupinière, tout à sa peur d'être rattrapé, n'écoutant que son souffle et leurs cris, le martèlement du sang à ses tempes, cette voix de l'instinct qui ouvre les portes de l'espace à l'animal aveuglé que la meute poursuit.

Trop tard pourtant. Qu'il ait franchi le Rubicon sans le vouloir ou non importait peu, il était là où il ne devait pas se trouver, et son père ne ferait pas de quartier. Simon, hors d'haleine sous la chemise qui lui collait au torse, baissait la tête, attendant la curée.

Le soleil pouvait bien se rouler dans le blé comme un perdu, le ciel filer un bleu sans couture, le vieux tambour de la terre résonner comme un neuf : pour moi, le fond de l'air était triste. Triste comme un proviseur, une cour de collège et le tilleul au milieu dans son collier de fer, qui s'en va feuille à feuille ; comme le village qu'on quitte, l'odeur du café, les cris des joueurs de cartes quand Julos par Dieu sait quel tour de passe-passe d'une seule main gagne pour la troisième fois la partie ; triste comme les soldats de plomb pêle-mêle dans la boîte à chaussures au-dessus de l'armoire et le lapin replet au fond de son clapier obscur, d'avance résigné au four dominical ; triste comme tout, rien, cet été arrêté au bord de la route parce que le cœur tout à coup clapote dans les larmes.

8

J'avais dû les semer, ou alors, ils avaient laissé tomber. Embarrassé comme j'étais de mes jambes (cette désagréable impression de toujours courir dans un sac), ils auraient eu si vite fait de me rattraper s'ils l'avaient voulu. Au fond, je dois les ennuyer comme ils m'ennuient, pensa Simon. Mon seul intérêt à leurs yeux, c'est que je chaparde pour eux au magasin. Pour le reste, hein, encombrant comme un livre, le Simsi, bien trop timide et trop sérieux

(réfléchi, disait grand-mère ; ce qu'il est réfléchi, ce petit, s'était-elle exclamée un jour, lors d'une de nos dernières visites à l'hospice, alors qu'elle s'enfonçait de plus en plus dans la moiteur de sa chambre aux relents d'urine et de pharmacopée, et sa tête ballottait déjà comme celle de l'ange sur le tronc de la chapelle quand on avait glissé un bouton de culotte dans la fente. Il ira loin, je vous le dis, et taillé comme il est, on en fera un beau gendarme. À quoi, piqué au vif, j'avais répliqué comme un seul homme Sûrement pas, mémé, moi je serai gangster, et, joignant le geste à la parole, j'avais braqué sur elle un colt imaginaire dont les *pan ! pan !* expressifs avaient fait tressauter la pauvre vieille sur son fauteuil, arrêtant net le balancement de la tête, mais pas la baffe paternelle sortie comme un diable de derrière les fagots et qui m'avait rentré dans la cervelle pour longtemps gendarme et gangster avec quelques étoiles de rab)

réfléchi, tu parles, impulsif comme un gardon, oui, et bien trop crédule et pas assez stupide en même temps pour supporter qu'on mélange tout, les Indiens avec des mausers, les Allemands avec des winchesters, et qu'ils prennent les tritons pour des salamandres. Et qu'ils n'ouvrent jamais un livre. Jamais. Bêtes, ils sont bêtes à manger du foin. Mais moi, est-ce que je vaux plus qu'un crétin de caillou à la fin, à ne bouger que si on lui botte le train ?, mon père a raison, et puis toujours en rogne de surcroît, contre tout et tous et contre moi-même, tandis qu'ils s'amusent avec un bout de ferraille, qu'ils prennent la vie comme elle vient, toujours prêts à rigoler. C'est moi qui complique tout.

Au fond, je n'ai jamais rien aimé autant que de rester seul, allongé sur un sac de pommes de terre, près de la lucarne du grenier, à feuilleter les vieux illustrés dont papa se servait l'hiver pour calfeutrer les ouvertures sous le toit. Là, le monde était à ma mesure et mes jambes parfaites. Peu m'importait alors que l'information fût passée, l'image défraîchie, incomplet le feuilleton. Souvent même, mes yeux ne faisaient qu'effleurer les pages et, tandis que mes doigts continuaient de lire, je suivais les gesticulations inutiles d'une grosse mouche empêtrée dans les fils poisseux d'une toile d'araignée tissée juste à fleur de jour dans l'encadrement de la lucarne. La mouche se débattait en s'enferrant davantage pendant que madame araignée faisait son marché au-dehors, légère, insouciante, si sûre de son piège et d'y trouver au retour le repas du soir, fumant, à point.

Simon fut cette mouche, emberlificotée dans une toile de questions impossibles à démêler pendant que ses copains se baguenaudaient, les mains dans les poches, libres comme l'araignée. Mais qu'est-ce qui lui prenait alors de toujours vouloir mettre son grain de sel dans leurs histoires, contrariant leurs plans cousus de fil blanc, sous prétexte de sauver la victime, alors que la seule crainte d'échouer, d'être moqué ou surpris, comme ici, par la bestiole velue le retenait finalement du moindre geste ? Ah, lâche, lâche, Tarzan de cinéma, Ivanhoé de carton, qui méprises tous les dangers, bien au chaud dans tes draps, mais qui lamentablement balbuties, pivoine du bouquet, reculant sans cesse le moment de sauter le mur du voisin, de couper la pointe des bonnets au soutien-gorge de la grande Édith, de maculer d'excréments (mais vas-y donc, couillon !) les vastes culottes saumonnées de la grosse Julienne, en ravalant ta rage et tes protestations de cinéma.

Rien à faire, Simon pouvait se chercher les meilleures excuses, il n'arrivait pas à trouver grâce à ses propres yeux, et aujourd'hui encore, les rares fois où, quittant la caravane et la colline pour faire mes provisions de la semaine, j'entre boire un verre au café de la vallée, aujourd'hui encore, je me méprise d'être aussi désarmé devant la bêtise triomphante des imbéciles qui, répétant ce qu'ils ont lu de travers dans le canard local, tranchent de tout avec l'implacable assurance du spécialiste. C'est cette lâcheté sans doute, cette faiblesse de rêveur matamore qui finissait toujours par me jeter hors de moi-même et du grenier devenu étouffant,

pour atterrir inévitablement dans la rue, sauf réquisition au passage par le roi-tabac : cartons vides à brûler, bois de chauffage à fendre, vieilleries à remiser, pour atterrir inévitablement dans leurs mains, car on aurait dit qu'ils passaient leur temps à m'attendre là, devant la maison, comme un piège prêt à frapper, une vraie gueule de loup.

Ça n'avait pas manqué cette après-midi-là.

9

Le loup en question était double ou bicéphale, comme on voudra, bien que chacune des têtes appartînt à un corps particulier, mais ils étaient tellement inséparables qu'on aurait pu prendre le petit pour l'ombre du grand.

Nez-Coulant, le minus, était un tas de chair flasque qui se mouchait quand il y pensait dans ses doigts boudinés, tandis que Freddy, le grand, dit Mains-Rouges, parce qu'il avait déjà saigné un cochon, ressemblait à un échalas tout en nœuds, un bâton d'olivier, sec et vif comme un aspic. Les pires copains qui soient, en somme, les moins recommandables, mais les seuls à m'attendre chaque jeudi après-midi ou les jours de congé, assis sur le muret en face du bar-épicerie, les pieds ballants, ayant déjà manigancé dans leur caboche creuse Dieu sait quel coup pendable, sonner aux portes, ni vu ni connu, pisser dans la boulange du père Anselme pendant sa sieste, mélanger les pots de fleurs sur les tombes ou le linge tout frais de la Léontine avec les boulets de charbon de P'tit Louis.

Indécrottables derniers de la classe, redoubleurs de fond, ils n'étaient jamais à court d'imagination sur le terrain des tours et attrapes, et je ne parviens toujours pas à comprendre l'attrait qu'ils exerçaient sur moi, cet inconfortable mélange de curiosité malsaine et de reconnaissance jalouse, qui me faisait tout à la fois les admirer et me défendre de cette admiration, rechercher leur compagnie et me maudire de les suivre en traînant les pieds. Mais quel autre moyen, dites, quel autre quand on est timide et froussard, pour échapper à sa propre désolation, tout en coupant aux corvées du magasin, à l'encaustique du salon, aux sempiternelles lamentations de ma mère ?

10

Ils avaient décidé de chasser le triton dans l'étang de poche en contrebas de la maison, et j'avais marché à contre-cœur, comme d'habitude, non sans avoir été obligé au préalable de subtiliser dans la réserve deux bocaux vides, de ces gros bocaux verdâtres avec l'inscription *Le parfait* en relief, dont j'aimais tant caresser la belle calligraphie.

En chemin, Nez-Coulant reniflait bruyamment, on aurait presque pu dire : consciencieusement, vu l'espèce de frénésie tonitruante qu'il y mettait ; Freddy jouait son Fred Astaire et sifflotait faux en dansottant entre les bouses de vache. Le sourire fixe comme une réclame, je suppliais du front le ciel de se couvrir d'un coup, et que l'orage éclate avant que la maison ait entièrement disparu. J'aurais tellement préféré retrouver Pauline dans le hangar et jouer encore comme elle voulait, au docteur, et même lui prêter mon machin à moi (Va, tu peux bien me laisser faire, je ne l'userai pas, ton zizi), mais comme chaque jeudi, vacances ou pas, elle trimait avec sa mère au lavoir, corvée lessive, gerçures et bleu de méthylène.

Simon fut pourtant le premier à capturer un triton. Il le tint d'un doigt sur sa paume et l'observa tranquillement, un peu étonné au début de le voir sans réaction, comme tétanisé par la peur. Puis la gorge et le cœur du petit batracien tacheté s'étaient remis à palpiter sous son pouce, et Simon s'était senti rassuré. Une femelle, à coup sûr, comme on le lui avait appris en classe : si pas de crête sur le dos… Tiens bon, Simsi, on arrive ! Les deux autres, là-bas, s'étaient relevés comme un seul homme et rappliquaient en contournant l'étang au pas de course. Simon vit les paluches de Freddy, les dents pointues de Nez-Coulant et, ni une ni deux, relâcha le triton qui disparut dans l'eau boueuse, tandis que Simon prenait ses jambes à son cou et s'enfuyait sous les cris et les menaces qui rebondissaient dans l'air bleu comme sur les parois d'une vasque. Si jamais ils m'attrapent, je suis bon pour le grand plouf, bain forcé dans la vase et bonjour le martinet à la maison.

Tout entier à ma frayeur, le sang comme un tambour à mes tempes, j'obliquai brusquement, après le petit bosquet qui me dérobait à leur vue. Le sentier montait sec au milieu des ronciers, mais je ne ralentis l'allure que sur le plateau. J'étais en nage. Sûr de les avoir distancés, je m'assis pour reprendre mon souffle. À un moment donné, un oiseau me frôla, je levai les yeux, et c'est là que la panique, une panique incontrôlable, me prit : d'un coup je sus où j'étais, les herbes, les arbustes, les buissons d'épines, les cailloux du chemin, l'air même, le silence me montraient du doigt, me dénonçaient Ah, ah, petit désobéissant, je t'y prends ! Le Haut-Mal ! Et moi qui ne m'étais aperçu de rien. La menace de mon père fondit sur moi, l'herbe dans mes yeux se brouilla, le ciel s'obscurcit et la cour du collège apparut.

Un grand pion noir, les mains croisées dans le dos, me fixait de ses iris jaunes. Mon Dieu, non. Pas moi. Pas déjà.

11

Le Haut-Mal est un lieu-dit, mal dit sans
doute, maudit peut-être, une colline chauve
égarée parmi les mamelons verdoyants qui cein-
turent le village. Buissons rares, épineux, chardons, toute une barbarie pour éloigner le tou-
riste, une terre acariâtre que le couchant seul
fait sourire. Ni moutons ni vaches. Mais à flanc
de coteau, comme une cocarde, une maison-
nette du genre chalet suisse, à crépi rose et con-
trevents d'un vert criard, qu'une espèce de
jardin en terrasse, hirsute, prolonge : le domaine
de la Monette.

Quelques jours plus tôt, le roi-tabac, entre
deux lapées de soupe au pois et deux grognements, avait averti Simon : Tu connais le Haut-
Mal, bon. Eh ben, je t'interdis d'aller y traîner
cet été, tu m'entends ? Il n'y a pas de mais, c'est
pas un endroit pour un gamin. Tu m'as bien
compris ? Que j'apprenne jamais que tu es allé

rôder de ce côté-là. Et regarde-moi quand je te parle.

Ses yeux, quand il grondait, se rétrécissaient comme des meurtrières et j'avais bien du mal à en soutenir la flèche noire. Je finissais toujours par baisser la tête, me concentrant sur la serviette que je tortillais entre mes doigts ou alors, l'air de rien, je faisais tomber ma cuillère avec mon coude, histoire de gagner du temps, que maman intervienne et me délivre. Ça marchait une fois sur deux.

La Monette, on n'avait jamais parlé d'elle à table, ce jour-là non plus d'ailleurs, directement je veux dire, et ma mère, trop occupée par ses casseroles, n'avait pas fait le rapprochement avec le Haut-Mal, mais moi, j'avais surpris mon père, la veille, juste avant la fermeture du bar, en grande conversation avec le vieux Gus sur le pas de la porte. Le nom tabou avait été prononcé, mêlé à celui du Haut-Mal et d'un cocu mal perché qui les avait fait éclater de rire en même temps. Un rire gras, gros, sale, qui ressemblait à celui de Freddy quand il racontait des cochonneries. J'en avais été blessé, comme d'une trahison. Mon père l'avait sûrement senti, car il s'était retourné brusquement et, le regard noir, le doigt pointé : Toi, fais-moi le plaisir de déguerpir en vitesse, je rangerai les cageots moi-même.

Dans mon lit, j'avais emporté la Monette, cette *créature*, comme disait Gus, et il y avait dans sa voix ulcérée de vieil impuissant, toujours à se gratter la braguette, comme une autre voix qui bavait, dégoulinante de désir sous le mépris. À cause d'elle, à cause de cette voix de basse-cour, saliveuse comme une limace ou comme la salamandre que j'avais tant de fois vue disparaître dans l'étang, à cause du rire qui m'excluait, moi, Simon, en traçant dans l'air des circonvolutions pleines de sous-entendus, la Monette s'était peu à peu imposée à moi, belle comme le péché, plus lisse et plus rose qu'un cochon de lait, elle s'était glissée dans mes pensées puis, collant son ventre chaud contre mon corps entre les draps, elle avait allumé sous ma peau un feu si doux que je m'étais mis à durcir soudain entre mes jambes, comme dans la main poisseuse de Pauline.

À mes côtés, Nico dormait, la bouche ouverte, avec son petit sifflement régulier. Je lui avais tourné le dos et m'étais mis en boule, les mains entre les cuisses. La tête enfoncée dans l'oreiller, les yeux perdus, loin, très loin sous la paupière close, j'avais attendu la Monette. Longtemps. Chassant Pauline, chassant maman. Jusqu'à ce que le sommeil m'attrape, chasseur sachant chasser, chasseur chassant sacher, sa chair sa chambre sachem, bisons, moutons.

12

L'enclume du soleil sur le dos, l'image peut paraître forcée, pourtant c'est ainsi que je ressentais la chose, ce poids sur mes côtes, ces pointes de feu dans mes reins comme les cornes d'une enclume, et si je ne voyais pas encore le marteau, je savais déjà qui le tenait et quelle forme prendrait la tempête qui s'abattrait sur moi à mon retour : cris, gifles, coups de trique ou de martinet aux fines lanières lestées. Question d'habitude. Je savais aussi que toutes les excuses que je pourrais fournir, et la simple vérité était la moins crédible, ne serviraient de rien. Le Haut-Mal était là, et la maison de la sorcière. Que je ferme les yeux, les ouvre, les détourne, contemple la plaine en bas, prenne le ciel à témoin et quitte au plus vite ce lieu pestiféré, n'effacerait pas le fait d'y être monté. Malgré moi, par inadvertance, inattention, tout ce qu'on voudra : monté quand même. Trop tard. Te voilà bien refait, mon pauvre Hansel, et pas de Gretel ici pour tenir ta main moite qui tremble. Ah, Pauline, Pauline, pourquoi m'as-tu abandonné ?

Ce serait bien le diable que personne n'ait aperçu Simon, ne l'ait reconnu au passage. Il y a toujours dans les champs, dans les prairies, des gens qu'on ne voit pas, qui sont là sans y être, qui ne se manifestent pas, mais qui voient tout, n'en perdent pas une miette et se font un malin plaisir de rapporter. À l'heure qu'il est, le roi-tabac est sans doute déjà au courant, qui ressuie pour la dixième fois la même place sur le zinc, en marmonnant, sa manière à lui de fourbir ses coups comme l'ogre aiguise ses couteaux.

Simon s'assied un moment, la tête dans les mains, pour penser droit, mais trop d'images se bousculent sous son front : la dérouillée dans la remise, les cris de maman, Paulo servi en civet, le dortoir du collège, la cour, les grilles noires et les rires moqueurs des élèves autour de lui. Quand la tempête déferle, à quels saints se vouer ? Tremblant d'impuissance et d'effroi, il tente de refaire le chemin à l'envers, de se remémorer chacune des personnes qu'il a pu croiser. À part Noiraude, la vache de P'tit Louis, qui était sortie du pâturage pour brouter à son aise l'herbe du talus, pas un chat. Rien que ce cœur qui bat toujours trop haut, cette boule dans la gorge qui ne passe pas, ces yeux brûlants qui voient des ennemis partout, derrière chaque feuille, tous piliers de comptoir ou de bénitier, têtes branlantes et langues de vipère. Le doigt de Dieu, répétait monsieur le curé en chaire, le doigt de Dieu vous suit jusque dans la tombe. Ite missa est. Ite.

Trop tard. Deux mots qui tiennent Simon par la peau du dos et le secouent comme si son père déjà le malmenait entre ses battoirs. Deux mots, deux temps. Une valse, un tourbillon, mais les partenaires sont séparés par la table du salon, et s'ils tournent, grand-mère, c'est pour mieux ne pas s'attraper, car inégale est la partie : Trop, le grand, est large et lourd ; Tard, le petit, long et souple.

Trop : attends que je t'attrape, sale petit garnement.

Tard : on jouait, papa, et je me suis perdu.

Trop : tiens, en voilà toujours une qui ne se perdra pas.

Tard : aïe, j'ai rien fait, c'est les autres qui me couraient après.

Trop : eh bien, en voilà une en prime pour ces petits saligauds, tu la leur passeras de ma part, et maintenant au lit. On en recausera demain.

Trop tard, mon pauvre Paulo, c'est dit, tu vas passer à la casserole, et moi j'irai au collège, derrière les hautes grilles, comme Freddy me l'a raconté, qui tient toutes ses informations de son frère aîné, la meilleure source, qu'il dit, et je mourrai de peur et de froid dans un immense dortoir poli polaire, quand le grand pion osseux, à la peau verdâtre, cliquetant de toutes ses clefs, vérifiera à la lumière de la veilleuse le compte et l'état de son troupeau, notant les brebis galeuses qui dorment les mains sous les draps en plein péché mortel, et il me désignera, c'est sûr, me forcera à sortir du lit, à m'agenouiller en grelottant dans l'allée que j'inonderai de mes larmes jusqu'à ce que la lampe s'éteigne dans l'alcôve et que la nuit se fasse sur moi et sur toute la misère humaine.

13

Un bruit de porte qui grince a tiré brutalement Simon de sa prostration. À deux pas de
lui, une femme vient d'entrer dans le jardin en
surplomb, qui se réveille soudain et qui vibre.
Elle tient un panier de linge sur sa hanche. Des
cheveux qui flamboient dans la lumière verte,
une forme épanouie, c'est elle, il la reconnaît du
premier coup sans l'avoir jamais vue. Plus forte
et plus vraie que son rêve, c'est elle qui fait
saliver le vieux Gus et rire son père comme un
tonneau qui se débonde, elle qui entre la nuit
dans ses draps et se coule entre son frère et lui,
c'est elle. La Monette.

Elle ne s'est pas aperçue de la présence du
gamin en bas, tout près, interdit, béant, qui
retient son souffle et son ombre. Elle lui tourne
le dos et se penche pour fouiller dans le panier
qu'elle a dû, j'imagine, poser à ses pieds, sous la
rangée des cordes à linge. Un éclair blanc sous
la robe comme une bouffée de lumière, et c'est

le silence qui bascule d'un coup et se fait chair dans ses yeux, c'est un désir violent sous la robe qui monte, incendiant Simon, tandis que les fleurs alentour s'éteignent et disparaissent.

(Ô doux Jésus, toucher cette blancheur, la toucher du doigt seulement, la toucher rien qu'un peu, rien qu'une fois, rien que la toucher, Seigneur, et je serai guéri. Et je serai sauvé)

Elle s'est penchée davantage, élevant au bout de ses jambes, comme un calice, la blanche culotte. Simon ne bouge plus, n'ose plus respirer. La sueur coule sur ses tempes, sur son front et lui picote les yeux. Il sent grossir son sexe. À l'élévation, on baisse la tête. Impossible ici. Simon est de bois debout, dépossédé de lui-même, les jambes coupées, comme si plus rien devant ses yeux agrandis n'existait désormais que cette fleur-là, l'image de cette fleur de soie et de chair, la vision de cette image, pareille à une taie sur l'œil, alors que le film continue de se dérouler. La femme s'est redressée, elle traîne un chiffon sur le fil, étend linge après linge, disparaît derrière un drap, mais Simon, absorbé dans sa contemplation, ne s'est aperçu de rien, aussi met-il un petit moment à revenir sur terre, à comprendre qu'on lui parle, que c'est à lui que la voix s'adresse :

— Mais qu'est-ce que tu fais là, mon poulet, tu as raté ton train ?

Elle a quitté l'écran pour se pencher vers lui. La bouche comme une cerise, et sur un plateau de dentelles les fruits blonds de son large décolleté où roulent trois perles d'eau. Le trouble de Simon est à son comble. Comme chaque fois que sa mère se baissait pour lui renouer son lacet et que la vue était plongeante, et qu'il ne pouvait plus jouer au doigt dans le bénitier, tandis que son petit frère en profitait allégrement, malgré les petites tapes de maman, et il riait de plus en plus fort et Simon lui en voulait à Nico, pour ça, pour ce droit qu'il n'avait plus, cette innocence dont on l'avait privé d'office, sans lui demander son avis, et dont il rendait sa mère responsable. C'est comme s'il se vengeait à présent. Il ne détournait pas les yeux et elle, la Monette, je crois bien qu'elle le faisait exprès, lui donnait presque ses seins à lécher. Elle parlait, parlait, en se penchant davantage, mais lui n'entendait rien. Il suivait les perles de sueur sur les globes roux où tournoyaient des taches de son.

— Et tu n'as rien sur la tête par un temps pareil, mais tu vas prendre mal ! Ce n'est pas prudent, ça, mon garçon. Allez, entre, viens te mettre à l'ombre.

Du bras où cliquetaient trois quatre fins bracelets dorés, elle montra l'entrée, à droite, sous la glycine. Elle avait les ongles peints et un petit buisson roux sous l'aisselle,

et toutes les gouttes à présent, toutes, Seigneur, montent à mon cou, et c'est moi qui coule.

14

Ombre et fraîcheur et ombre. Parfum de femme.

— Si c'est pas Dieu possible de se mettre dans ces états-là ! Enlève-moi cette chemise.

La Monette a saisi une serviette, elle en frotte vigoureusement le visage de Simon, ses bras, ses jambes. Les yeux mi-clos, je me laisse faire. La serviette est pelucheuse et sent le bonbon rose. Parfum, encore et toujours, lavande et sueur mêlées.

— Et si je te faisais couler un bon bain ?

Ce qu'elle dit, je l'entends à peine, c'est sucre et cannelle, cannelle ou sucre. Ça coule sur la langue et dans l'oreille, tandis que je la regarde promener au ralenti la serviette sur son cou rose et grassouillet, s'éponger entre les seins. Qui bougent. S'écartent. Se touchent.

— Comment tu t'appelles ?

— Simon.

— C'est joli. Tu es d'en bas, du village ?

— Oui, madame… Le bar-tabac, à l'entrée.

—Ah, oui ? C'est drôle qu'on ne se soit jamais rencontrés. Je suis pourtant ici depuis Pâques. Est-ce que tu ne me ferais pas marcher par hasard ? Regarde-moi bien dans les yeux.

Tout de suite écarlate, l'impression de prendre feu comme un rang de foin. Et rien pour me cacher. Aucune défense contre les images de la nuit qui m'assaillent, les rires de mon père et les gestes du vieux Gus. La créature est devant moi, bien campée, imposante, je bredouille :

— Je vous jure, madame.

—Assez de madame, tu veux ? Appelle-moi Monette, dit-elle en jetant la serviette sur la table. Attends-moi ici, et sers-toi un grand verre de lait. Tu dégoulines. Il y en a du frais dans le réfrigérateur, je l'ai rempli hier.

Pas eu le temps de voir son geste. J'ai cherché autour de moi ce qui pouvait répondre à ce nom bizarre que j'entendais pour la première fois de ma vie. Chez nous, c'est dans un garde-manger en bois, grillagé, suspendu sous l'escalier de la cave, qu'on tenait au frais le beurre, les fromages et le lait de ferme quand il en restait du matin ou de la veille. Réfri, réfri quoi, bon rien qui ressemble de près ou de loin à un garde-manger. Finalement, Simon se penche sous le robinet pour boire, s'essuie les lèvres avec un pan de sa chemise, puis il fait un pas vers le salon. Un, pas deux : figé sur le seuil, bouche ouverte, il n'en revient pas.

De la moquette blanche partout, de petits tapis d'Orient par-dessus, rouges, à caissons jaunes et orange, avec des franges longues comme la main ; et des coussins, des meubles de prix qui rutilent, chinoiseries et dorures, et des tableaux sur tous les murs, oh pas des biches à la source, nouées à gros point comme à la maison, dans des cadres en raphia, mais des *monsieurs* sombres, laids, poseurs en col blanc rigide et lavallière, avec une raie au milieu, une moustache noire ou une barbe de missionnaire, et des petites gravures sous verre, de minuscules dessins à l'encre perdus dans de gros cadres lourds et dorés. Et puis des livres, des centaines de livres, en piles, en rangs d'oignons à même le sol, en pagaille sur toutes les tables, le canapé de velours vert à franges, les bergères à tissu écossais, ou sens dessus dessous, debout, couchés, dans une bibliothèque pleine à craquer, qui désespérerait maman à cause de la poussière ; et des revues aussi, ouvertes, écornées, des disques sortis de leur pochette et qu'on dirait endormis au pied d'un électrophone rouge : un vrai capharnaüm.

Instinctivement, Simon s'est mis à reculer vers la cuisine, minuscule, elle, mais fraîche et presque familière avec son carrelage de tomettes, ses volets rabattus. Il a une envie subite de se déchausser, de poser ses pieds nus sur le sol, de se laisser tomber sur une chaise, de se verser un grand verre d'eau glacée qui lui descendrait le gosier jusqu'au bout des pieds comme une cascade, mais quelque chose le retient encore et il reste debout, soudain comme encombré de ses bras, pensant à la fournaise de leur appartement, aux lattes du plancher disjointes, au lino crevassé, et regardant ses mains moites, ses culottes courtes salies à l'étang, ses godillots boueux et crevassés. Honte et honte et rehonte. Vite s'en aller, s'enfermer dans la réserve du magasin et entasser cageot sur cageot avec l'espoir que surgisse un roi-tabac tout frais, sifflotant, débonnaire, qui le félicite et lui tape sur l'épaule Toi, mon gamin, t'es un homme comme il n'y a pas de femme.

La porte s'ouvre juste à ce moment-là, sur une sirène de comptoir : la Monette, cheveux plaqués, enveloppée dans une grande serviette de bain blanche où ses seins, comme de gros melons dans un sac, dodelinent en marchant. J'entends d'ici la voix de Freddy : une fameuse paire de nichons, hein ? les mains déjà découpant l'air comme s'il attaquait une carcasse de boucherie.

— Tu viens ? c'est prêt. Et comme tu vois je n'ai pas pu résister, j'ai trempé un pied, et le reste a suivi. Plouf !

Elle rit. D'un rire de fillette, comme une avalanche cristalline, une bordée de petits cris d'oiseaux. Simon en est mal à l'aise. Un corps si plein, si rond, avec un tel rire de flûte, il y a dans cet assemblage quelque chose de gênant, comme une indécence, et je ne sais plus où me mettre. Je baisse la tête, je regarde mes pieds et j'attends que ça s'arrête pour m'en aller.

— Mais qui est-ce qui m'a fait un grand nigaud pareil ? Allez, viens donc !

Simon a beau chercher au fond de ses poches, se triturer les méninges, il a la tête prise et ne trouve rien, pas le plus petit mensonge de secours, pas la moindre excuse de fortune, rien. Alors, elle lui prend la main d'autorité et l'entraîne dans l'escalier aux marches de chêne cirées. Une putain de belle plante, s'exclamerait Freddy. Grimpante, ça alors, une vraie de vraie ! L'imbécile, s'il était à ma place, il serait moins faraud. C'est le roquet qui aboie dès qu'il est hors de portée, mais qui file la queue entre les pattes quand le danger se précise.

Elle a des pieds minuscules, mais pleins, vigoureux, appétissants comme des petits pains chauds, et des chevilles d'une finesse que la rondeur du mollet affine davantage encore, et une chair crémeuse et si blanche qu'on a tout de suite l'eau à la bouche. Et un sacré beau popotin pour une vieille, ajouterait Freddy, s'il la voyait.

Pas comme ta mère. Le salaud. Qu'est-ce qu'il en sait ? Et puis maman, c'est autre chose, on ne peut pas comparer. La Monette, c'est une femme comme sur l'affiche du cinéma, mais bien vivante, avec pas un os qui pointe ou qui pique, une femme à vous mettre tout de suite les yeux à la place des trous. Prêts à jaillir des orbites. Mais vieille, sûrement pas, une peau de lys au contraire et drôlement bien roulée, et puis solide et forte comme un aimant. La preuve : rien qu'à la regarder de dos, Simon a un sexe pour la première fois, un sexe d'homme fait (verge ou trique, ça, c'étaient des mots de Freddy que je ne prononçais pas, qui m'auraient écorché les lèvres, parce qu'ils me rappelaient des choses pas du tout folichonnes, comme les coups de trique du père Fouettard, la veille de la Saint-Nicolas, sur l'estrade, à l'école, un coup par point en dessous de la moyenne, ou comme les verges du roi-tabac, les soirs avinés, quand il entraînait Simon dans la remise sous un prétexte ou un autre pour se défouler en lui lacérant les cuisses, non merci, très peu pour moi). Un vrai sexe d'homme, oui, vivant de sa vie propre, chaud et rassurant comme un petit animal serré dans mon short, mais prêt à me lâcher pour cette croupe de Tarzane qui se balance dans l'escalier. Grand Dieu, faites qu'elle ne se retourne pas.

Sur le palier, Simon marque une pause, il n'est plus très sûr tout à coup d'avoir envie de se baigner. Trop tard encore une fois. La Monette, fine mouche, a tout compris et son sourire en dit long, qui découvre sous la lèvre pulpeuse les dents de lionne, promptes à mordre, à déchirer les chairs fragiles. En un éclair, Simon revoit la scène du grenier, la mouche et l'araignée, il esquisse un pas en arrière. Ni une ni deux, elle lui attrape le poignet, l'enferme dans sa main chaude, Tu ne vas pas faire des manières pour un bain, maintenant, et elle le fait passer devant elle.

Carrelée de reflets, la salle de bains est un lac, où lavabo, baignoire à pattes de lion, placards peints en blanc semblent flotter, tandis que les chromes de la robinetterie lancent des étincelles. Ébloui, Simon s'est arrêté sur le seuil. Une drôle de cuvette basse à gauche de la baignoire attire son attention, on dirait un w.-c. pour nain, Simon voudrait bien poser la question qui lui brûle les lèvres, mais la peur soudain de paraître idiot, de déchaîner à nouveau l'avalanche cristalline lui ferme les lèvres.

— Elle te plaît ? On vient juste de la repeindre. C'est pour elle, tu vois, que j'ai acheté le chalet. C'est la pièce la plus ensoleillée. Et la baignoire remonte à Mathusalem. Je n'ai pas eu à réfléchir, et mon ma...

Elle s'est mordu la langue à temps, s'est vite reprise, et Simon n'y a vu que du feu. Il est dans la lune, perdu entre le grenier et la cave de sa maison, parmi les vieux meubles qui crient, les étagères à bocaux, montant et descendant les escaliers poussiéreux, encombrés de cartons, de cageots, de bouteilles vides.

— Si elle nous a donné du fil à retordre pourtant, cette maison, et ce n'est pas fini ! L'ancienne propriétaire l'avait laissée dans un tel état... mon Dieu. Impotente, elle ne vivait plus que dans la pièce du bas, le salon que tu as traversé tout à l'heure, avec toutes ses vieilleries, ses vieux bouquins. J'ai commencé le tri, c'est à désespérer, mais on s'y mettra vraiment cet hiver, et tu peux me croire, ça va valser. Mais chaque chose en son temps, comme on dit. Et maintenant, à l'eau.

Simon n'écoute plus. Il est dans la lumière jaune d'une fin d'après-midi en hiver et regarde attristé les livres qui s'envolent par la fenêtre, s'emmêlent les pinceaux comme des oiseaux maladroits, et atterrissent pêle-mêle dans le jardin enneigé, où un grand feu les reçoit, que le vent attise pour les transformer en cendre et en fumée.

— Bon, assez rêvassé, pose tes habits sur la chaise, là, et prends garde à ne pas te brûler. L'eau est un peu chaude, mais tu verras, on s'y habitue et puis il n'y a rien de mieux par cette chaleur. Va, je te laisse, fais comme chez toi.

Chez moi, pense Simon, on se lave une fois par semaine, le samedi. Dans la lessiveuse, à la buanderie et dans le froid. Il faut d'abord rentrer des bûches sèches, puis chauffer l'eau dans de grandes casseroles sur le cubilot de papa. Avant, maman me faisait prendre mon bain dans une bassine à l'étage, et près du feu. Elle me frottait le dos, les fesses, le ventre. Maintenant, c'est fini, c'est le tour de Nico. La lessiveuse est en bois, haute sur pattes et dangereuse, avec sa grande roue noire à courroie : pas de mouvements inconsidérés, sinon c'est l'accident. Et papa crie, maman pleure Ô mon Dieu. Heureusement, le roi-tabac a promis une vraie baignoire pour l'hiver, si la saison est bonne. Toujours des si, marmonne maman.

15

Resté seul, Simon trempe une main, joue avec la mousse, barbote, il a trois ans de nouveau,

puis tourne les robinets du lavabo, cinq ans,

essaie la bonde, mince de mince, tout marche au petit poil, sept ans tout frais,

débouche un flacon de parfum, hume, neuf ans,

surprend son reflet dans la glace, se fait un sourire en coin, quelle tête d'idiot, dix ans,

la corrige subito presto d'une moustache dans la buée qui ternit le miroir, onze ans,

et, d'une ultime grimace en queue de pigeon, persiste et signe, douze. Douze ans à peine.

Et merde. Un vrai paradis. De cons, ajouterait Freddy. N'empêche, si maman voyait ça, sûr qu'elle en perdrait le sommeil et la foi ; et le roi-tabac aurait fort à faire alors pour la maintenir debout dans l'espérance. Peut-être même serait-il obligé de vendre illico sa quatre-chevaux qui ne vaut plus un clou. Bon, reste que pour entrer dans cet Éden mousseux, il faut encore se déshabiller tout nu, comme dit Nico, et Simon ne se sent pas vraiment à l'aise, ici, pour se mettre à poil.

À poil. Du Freddy tout craché, ça. Ils s'étaient bien fichus de lui avec ce mot-là, un soir, en revenant du catéchisme.

— Qu'est-ce que tu préfères, toi, lui avait insidieusement demandé Freddy, une fille à poil ou une fille sans poil ?

Bonne question, et facile, surtout à la tombée de la nuit. Et Simon, fier de l'expérience acquise avec Pauline, avait répondu, en se redressant intérieurement, le sourire du connaisseur sur les lèvres : sans poil, évidemment. La clameur que ça avait déclenchée, il s'en souvenait comme de sa première gifle. D'un seul coup, tous les oiseaux dans les arbres alentour avaient foutu le camp. Et eux, pliés en deux, qui se tapaient sur les cuisses, tandis qu'il les regardait interloqué, répétant Ben quoi, ben quoi ?, une vraie corneille. Et les rires redoublaient à mesure, rebondissaient dans l'air et retombaient sur lui comme des pierres coupantes, des lames de silex qui lui tailladaient le cœur, plus profond chaque fois, si bien que la cicatrice, depuis longtemps refermée, a laissé des traces et je ne suis pas sûr aujourd'hui de leur avoir tout à fait pardonné. En tout cas, je n'ai jamais pu oublier.

Simon avait mis du temps à saisir la feinte, comme disait Freddy, qui ne ratait jamais une occasion d'enfoncer le clou d'un C'que t'es balourd, toi ! Sans Pauline, qui l'avait finalement affranchi — et elle avait ri d'abord, elle aussi, devant sa mine déconfite Mais non, ce n'est pas de toi que je ris, gros bêta, c'est de leur bêtise, et il lui avait tourné le dos, au bord des larmes, rejetant la main qu'elle tendait, jusqu'à ce qu'elle finisse par l'embrasser et le caresser où il fallait, avec une infinie douceur, et qu'il s'abandonne — sans elle, il serait peut-être encore en train de chercher dans le Furetière disloqué que grand-père n'avait pas entraîné dans sa tombe, le seul livre de la bibliothèque de maman.

À poil donc, à poil dans ce paradis tout blanc, tout neuf. Un tour de clef dans la serrure et hop, la mer pour moi tout seul. Mais la porte n'a ni clef ni loquet, et Simon se tâte à nouveau. Pas moyen de se rappeler si les marches ont craqué, si la Monette est redescendue ou si elle est restée en haut, vaquant à Dieu sait quel rangement, ou tout près, derrière la cloison, épiant. Il a beau tendre l'oreille : pas un bruit. Que l'idée la prenne soudain de rentrer pour une raison ou une autre, une serviette oubliée, son rouge à lèvres, sa poudre de riz, savoir s'il s'en sort, si c'est bon, s'il ne s'est pas transformé en écrevisse, et qu'elle le surprenne, tout nu, balourd à la flèche levée, il serait bien. Elle mettrait vite sa main sur sa bouche, elle étoufferait un petit cri de théâtre, sans doute, mais le mal serait fait. Simon balance encore un peu d'un pied sur l'autre, les yeux courant de la porte à l'eau bleue, de l'eau bleue à la porte, partagé entre la crainte d'être vu et le plaisir de se baigner. Et puis, tant pis, tempête, n'y tenant plus, il se déshabille en deux temps trois mouvements et plonge une jambe dans l'eau. La retire comme l'éclair, avec un petit cri étranglé. Une vraie bouilloire ! Vaillant, il ne se démonte pas et s'y remet, centimètre par centimètre, avec une prudence de Sioux. Jusqu'à s'étendre tout à fait, dans l'oubli du corps, du lieu, de la menace paternelle. Se détend, ferme les yeux.

Ah, que la Monette vienne maintenant, qu'elle vienne et qu'elle soit nue, à poil, sans poil. Que je voie tout.

Dieu, que le péché mortel est délicieux !

16

On voit bien que monsieur le curé se trompe, qu'il ignore les bienfaits du péché : il est tout gris. L'état de grâce, ça ne doit pas être du gâteau tous les jours. Lui aussi aurait besoin d'un bon bain chez la Monette. Aujourd'hui encore, il a menacé de l'enfer tous ceux qui enfreindraient le sixième commandement. Freddy riait sous cape, il a pris un coup de canne. Nez-Coulant, pareil, parce qu'il reniflait, et qu'en ce lieu, sous la voûte, une mouche vaut un avion. Pauline, chez les filles, de l'autre côté du tran-sept, reluque Simon, par petits coups, inquiète.

Qu'elle se rassure : non, il n'avouerait rien à confesse. Ni leurs parties dans la grange, ni le bain chez la Monette, qu'elle ignorait du reste, autant que mon père, heureusement pour moi rentré aux petites heures, ce matin, paraît-il, d'une veillée mortuaire au village voisin qui s'était terminée chez la mère Adèle, café-bois-charbon, une consœur en quelque sorte, Tu sais ce que c'est, Tili, le commerce… Elle savait, oui, elle savait, et n'avait pas voulu en entendre davantage, surtout de la bouche d'un homme qui tangue lourdement, l'œil vitreux, une haleine à tuer les mouches. Ce n'est pas la première fois que Simon surprenait sa mère à marmonner Le vétéran cuve et moi je trime. Ah, ma vie est belle !

La veille au soir, seule à la caisse, encore occupée à compter et recompter les billets, à lustrer d'un sourire d'ange la grande baignoire en fer qu'on mettrait à l'étage, elle n'avait pas entendu Simon rentrer. Il était passé par la cave, avait gravi l'escalier sur la pointe des pieds. Sans mot dire, il avait pris le balai, rangé les tables, les chaises, rincé verres et tasses, baissé lentement le rideau de fer, doux, tout doux, gentil, charmant garçon, puis rejoint son frère dans son lit sans demander son reste, laissant sa mère à ses calculs, à son sourire de miel, à sa baignoire de rêve. Pauvre maman qui ne sait rien du paradis.

17

Les voies du sommeil sont impénétrables, Seigneur. On croit jouer sur du velours en lançant dans ses draps les dés gagnants de la journée, et on perd sans cesse la partie. La pensée qui déraille dans le noir, un chien qui aboie aux lisières et les ronflements du petit goret couché à ses côtés. Misère. On relance et on fait mieux.

Depuis le temps qu'il est dans son lit, Simon ne parvient pas à fermer l'œil. C'est la troisième fois qu'il relance le corps pulpeux de la Monette devant lui dans le noir, la troisième fois que le moteur prend, que la machine à rêver se met en marche, puis cale pitoyablement.

Nouvel essai. (Elle décolle lentement ses lèvres peintes tout ce rouge qui coule et brille   ses yeux qui parlent vite vite comme sur l'affiche   elle dit viens approche allez ne sois pas timide   Non ce n'est pas ça du tout je recommence)

Simon se retourne et son frère gémit. (Elle défait lentement son corsage   boutons de nacre un à un   pétales qui   et libère ses seins blonds   ils sont gros et lourds piquetés de taches comme tous les étés canicules et moissons   les   greniers   les   foins   doux   et   la paille   Pauline Non pas Pauline   pas elle   je recommence)

Nouveau changement de côté. (Elle dit touche mais touche donc gros bêta touche et elle prend ma   oh la rondeur tiède du lait dans le bol maman mamelle mes mains je ne sens plus mes mains   Non non pas ça   pas le lait qui mousse   le bain et la frousse qu'elle   non il faut recom)

Simon se gratte le nez, car son frère lui souffle dessus en dormant. (C'est là-haut dans le chemin du bois j'ai trébuché   elle me ramasse   un peu de sang perle à mon genou ma chemise est déchirée mon épaule écorchée   elle dit viens avec moi n'aie pas peur je vais te soigner et réparer ta   Elle me prend par la main son odeur son parfum m'étourdissent

Chez elle il y a des tapis partout des coussins de la musique il fait chaud   Elle dit enlève ta chemise se penche avec le flacon de mercurochrome bleu   non pas bleu   rouge avec de la dentelle qui bâille comme son chemisier   et ses seins bougent   ô si gros et nus et bondissants   je   mais elle rit en avançant la main

vers mon   J'ai chaud   de plus en plus et je
tremble quand elle Ô mon Dieu ça y est je
vais   Non pas dans les draps pas ça trop
tard   Ah, c'est, c'est   Je)

Un éclair brûlant, un jet chaud, à courtes
salves de moelle, et c'est le jour dans la nuit, un
jour bref comme un coup de couteau, un vol de
pomme à l'étalage, un dernier soubresaut avant
la glu, le froid, la peur du péché, l'œil de Dieu.
Simon se recule d'instinct pour ne pas toucher
les taches qui parsèment les draps, dessus, dessous. Son ventre est poisseux. C'est le moment
que choisit son frère pour se retourner en coui-
nant. Le repousser. Puis le lit peu à peu s'enfonce dans la terre, dans les étoiles, Simon perd
Simon de vue, un sommeil de brute l'emporte.
La Monette a disparu.

18

Des flots de lumière douce, passée au crible
du rideau de mousseline qui flotte sur la fenêtre
ouverte, une chaise de velours, une petite table
vernie, une pile de revues en couleurs sur un
tabouret à côté, une paire de ciseaux pointus,
une chemise cartonnée pour les découpages, un
grand cahier à anneaux pour la mise en page, un
pot de colle blanche, onctueuse et qui sent fort,
une petite spatule comme un bâtonnet d'esqui-
mau, si le paradis ressemble à quelque chose,
c'est bien à cela. Je sais, oui, la salle de bains,
déjà, mais ça, c'était hier, et le paradis, c'est toujours un présent qu'on n'attendait pas. Une
seule recommandation : ne pas toucher au
tourne-disque, la Monette a pris soin de le
charger avant de monter avec le docteur, il n'y a
qu'à écouter. Pépère. Ah, j'allais oublier : la prévenir en cas de visite impromptue, crier dans la
cage d'escalier. Comme le geai, tu sais, l'oiseau
toujours posté à la lisière du bois, qui prévient

les autres de l'arrivée d'un intrus ? Tu seras mon geai, d'accord ?

Le poste d'observation est idéal, qui domine le jardin à gauche et l'unique route carrossable, à droite, un large chemin de terre, poussière et cailloux pour âmes en peine.

Simon peut s'en donner à cœur joie en toute tranquillité, découper tout ce qu'il veut dans les revues, *Miroir Sprint* et *Ciné Revue,* pourvu qu'il ne jette rien par terre. Il a une corbeille à ses pieds pour les chutes. À la maison, à part les *Nous Deux* que maman conserve en pile, parce qu'elle oublie d'une fois sur l'autre le nom du beau voyou qui a trahi la confiance de l'orpheline à la veille de ses fiançailles ou celui de la marieuse sans scrupule qui a abusé son monde pour une sale question d'héritage ; à part cette pile qui finira de toute façon au grenier à la fin du feuilleton, il n'y a que *Le Républicain lorrain* de papa, sans image, et quelques réclames pour allumer les bûchettes dans le poêle à bois.

La Monette s'est assise dans une des bergères du salon en attendant le docteur. De son coin, Simon peut l'épier sans se lever, sans déplacer sa chaise, un petit mouvement de tête suffit. Elle a pris un gros livre, l'a reposé tout de suite, une revue qu'elle s'est mise à feuilleter fébrilement, en croisant et décroisant les jambes comme si déjà l'attente n'avait que trop duré. En croisant et décroisant les jambes, avec un petit crissement des bas, pschut pschut, comme si déjà elle courait à sa rencontre, un petit crissement rêche et mouillé à la fois. En croisant et décroisant les jambes comme si elle était déjà dans la salle d'attente, et que ç'allait être son tour et que l'envie de faire pipi tout à coup se faisait pressante parce qu'un quidam derrière la cloison venait d'ouvrir un robinet et qu'elle n'avait plus le choix, qui va à la chasse perd sa place, la porte allait s'ouvrir, elle a reposé la revue sur la table basse et croisé décroisé les jambes en tirant sur sa jupe. Avec un petit crissement de nylon mouillé ou de soie qui brûle.

En croisant et décroisant les jambes, revenue à sa place au salon, elle a repris la revue et son pschut pschut de bas a recommencé, allongeant l'oreille de Simon comme une route sous la pluie, et l'introduisant en pensée entre les cuisses de la femme, comme sous la table du salon, à la maison, le jour où Simon avait reluqué la culotte de Gisèle, la nouvelle fiancée d'un ami de papa, une grande bringue délurée — une traînée, avait tranché maman en aparté — qui s'habillait court et portait des bas de fil et des talons hauts de douze centimètres au moins. Il avait dix ans alors, il était en pleine guerre de Corée sous la table avec des ambulanciers de plomb dans tous les sens qui couraient sous les bombes, trop de morts, trop de morts. En butant contre un des hauts talons, Simon avait vu le dessin des chevrons sur les bas, comme des lianes où grimper. Gisèle avait écarté les jambes à ce moment-là et montré sa culotte, une rose, avec de la dentelle. Qu'il n'avait pas eu le temps de bien regarder, mais qui lui avait fait assez d'effet pour qu'il s'en souvienne et se demande si toutes les femmes portaient des culottes roses en dentelle. Qu'il n'avait pas pu bien voir, car elle avait bougé tout de suite pour se gratter à l'endroit même où Simon la chatouillait de son souffle, et les bas avaient crissé à ce moment-là, pschut pschut, comme les pneus des voitures, la nuit, sur la route trempée, qui lui mettaient tout de suite l'eau à la bouche, mais Simon avait eu peur qu'elle ne se penche en soulevant la nappe et s'exclame de sa voix de pipistrelle Oh, le petit coquin ! et il avait déménagé sans délai son champ de bataille.

La Monette s'est levée brusquement, laissant Simon avec un flot de salive dans la bouche difficile à avaler, tandis que s'imposait la vision des grosses jambes de sa mère, jambes à varices et toujours nues en été, sauf le dimanche, pour l'office, ou dans les grandes occasions : communion, mariage, deuil, le bal du quatorze juillet, Ça coûte si cher et ça file si vite, surtout les nylons. Qu'il faudrait remmailler vaille que vaille. Je la revois avec sa corbeille et son œuf de buis, les lunettes sur le bout du nez, cherchant à rattraper une flèche, et je me souviens comme elle pestait quand j'essayais de fourrer mes mains dans la corbeille moussue. Des bas en été, moi, non mais, et puis quoi encore ? maquillée comme le calendrier des Postes peut-être, une poupée de réclame et ressembler à la Gisèle ?

La Monette s'est rassise, et le jeu de jambes a repris. Fébrile, elle ne cesse de regarder sa montre, de vérifier sa coiffure, son collier de perles, le rouge de ses ongles. L'idée que le docteur y soit pour quelque chose fait sourire Simon. Si c'est pour lui qu'elle s'est mise sur son trente et un, elle va être drôlement déçue. Le seul médecin à des lieues à la ronde est un vieil hippopotame, avec moustache, bajoues, une couperose bleue, un nez de poivrot et une montre à gousset toujours en retard. On l'entend souffler quand il monte voir maman. Dans notre salon, la bouteille de mirabelle et le petit verre patientent sur la table, véritable oasis près de laquelle le poussah va inévitablement s'arrêter, s'effondrer sur une chaise, s'éterniser. Maman se donne juste un coup de peigne et se débarrasse du tablier qu'elle traîne toute la sainte journée quand elle n'a pas à sortir. Mais des bas, du rouge à lèvres, un collier, les ongles faits, allons donc ? Simon pense Si ce n'est pas le docteur que je connais, pourquoi faut-il donc que je me cache ? Mystère et boule de gomme.

Pour l'heure, prudence : s'en tenir aux *Miroir*. Le bruissement dans le creux de l'oreille a décru comme un murmure, une voiture que la pluie efface, un arbre qui s'endort. Simon fait semblant de ne s'intéresser qu'aux illustrés sportifs, qu'il feuillette la tête ailleurs, mais le goût des images reprend vite le dessus et il oublie tout. Empoignant la paire de ciseaux, la langue pointée hors des lèvres, il se lance et détoure d'une main de dentellière la silhouette déhanchée de Jean Robic en plein effort dans le Tourmalet. Sur le point de détacher l'image de son support, une idée brusquement l'arrête, il fronce les sourcils, tourne la page, regarde en transparence. Son front s'éclaire : ouf, il s'en est fallu d'un poil qu'il ne décapite de l'autre côté un Stan Ockers franchissant la ligne d'arrivée. Outre le cas de superposition de deux images de même intérêt, comme celui qui a failli coûter la tête du sprinter, un problème bien plus crucial se pose à présent : savoir s'il convient de conserver ou non une portion de la route avec l'ombre du cycliste, les mains tendues des supporters, la vache ahurie qui passe la tête entre deux rangées de barbelés, la chaîne de montagnes de l'arrière-plan, la ligne d'arrivée que la roue grignote, et dans quelle mesure et sur quelle longueur pour bien rendre compte du cadre et de l'atmosphère de la scène. Après bien des hésitations, Simon finit par trancher, mais c'est pour regretter tout de suite après. Recommence avec Plankaert ou Bobet, en se jurant de tout garder, d'autant plus que de petits fragments du paysage ou de la chaussée restent coincés, soit dans les rayons de la bicyclette, soit sous les bras du coureur, et que ce n'est pas une mince affaire de les en déloger. Pourtant il arrive toujours un moment où le besoin d'élaguer se fait sentir, alors on élague, on élague, on élague jusqu'à ce qu'un coup de ciseaux malheureux flanque tout le travail par terre. Et qu'est-ce qu'un Bobet avec un poing coupé ? lequel tenait le guidon, qui tenait la roue et la victoire au bout avec le bouquet de fleurs et le baiser de la jeune Alsacienne costumée, un large nœud noir dans les cheveux et les seins bondissant hors du corsage. Qu'est-ce, si ce n'est pas une catastrophe ?

19

En y repensant, Simon se dit qu'il a eu une sacrée veine ce matin. Le roi-tabac parti pour le congrès annuel des anciens de Corée, qui n'aurait pas de fin comme d'habitude (Allez, Georges, un petit dernier pour la route), ça lui a ouvert une sacrée bath journée de liberté, dont il avait su négocier le programme en finesse avec sa mère. En moins de temps qu'il n'en faut pour le dire, il avait échafaudé un plan d'urgence, monté de toutes pièces une promenade dans les collines en compagnie de l'instituteur, un rendez-vous soi-disant pris la veille des vacances et que, tête en l'air, il avait bien failli oublier. Le mensonge sorti tout frais, sans déraper, sa mère l'avait pris pour argent comptant. Tout en lui confectionnant un énorme casse-croûte mixte, jambon salade entre deux larges tranches de pain de mie, elle lui faisait les recommandations d'usage, politesse et prudence et tout, avant de le pousser dehors, avec deux bisous à la clef.

Mais au pied du Haut-Mal, après un long détour pour faire diversion, semer les éventuels poursuivants, Simon avait dû déchanter : tous les volets de la Monette étaient clos. Il était monté quand même jusqu'au chalet, histoire d'enfoncer le clou et d'avoir vraiment mal (mentir décidément ne lui portait pas chance). Il s'était mis alors à rôder comme une âme en peine autour de la maison, puis, en désespoir de cause, avait poussé la porte, laquelle, ô miracle, n'avait pas résisté. Mais dans la cuisine, nouvelle déception : pas âme qui vive. L'ombre et le silence. Il crut pendant un instant que tout l'avait abandonné, et c'est la voix dans les talons, comme battu d'avance, qu'il avait lancé un Monette ? Monette ? plein d'appréhension.

Tout de suite, le salon s'était réveillé, un bruit de froufrous, de persiennes qu'on rabat contre le mur, puis un Oui, qu'est-ce que c'est ? menaçant et râpeux comme une crécelle.

— C'est moi, Monette, c'est Simon. Je...

Pas le temps d'achever sa phrase qu'elle apparaissait, fée sans baguette, étendant ses bras comme des ailes, tandis que sa robe dans le contre-jour la montrait en transparence, chacune de ses amples courbes auréolée comme par une éclipse de lune, et la chevelure en buisson ardent. Simon en était resté baba.

— Eh bien, qu'est-ce que tu as à me regarder comme ça ?

— Vous êtes drôlement belle.

— Tu trouves ? C'est gentil de me dire ça. J'ai pourtant une de ces têtes. Tu vois, j'attendais le docteur et je me suis assoupie. Il fait une chaleur du diable. Mais viens donc voir un peu si j'ai pensé à toi.

Le petit salon voisin du grand, je ne l'avais pas remarqué la veille. Un rai de soleil jetait sa monnaie d'or sur la table, le guéridon, les revues. La Monette s'avança dans la pièce, traversa le rayon, attrapant sa caresse au passage sur ses jambes gainées de gris. Un frisson de plaisir parcourut l'échine de Simon. Puis le volet ouvert, la lumière fut, et le paradis nouveau.

— Voilà, c'est mon boudoir et c'est tout pour toi, dit-elle, enjouée, en lui passant une main dans les cheveux. Si quelqu'un vient quand le docteur m'examine, tu le verras arriver de loin et tu n'auras qu'à me prévenir en criant dans l'escalier. D'accord ?

— D'accord.

Un baiser rapide sur le front, puis en pivotant, elle avait fait virevolter sa robe, répandant tout son parfum dans le boudoir.

— Ce que tu es chou, toi.

Le chuintement du mot, celui des bas et la douceur du parfum se mêlèrent un instant autour de Simon et le désemparèrent. Quand elle se fut rassise dans un des fauteuils du salon, il retrouva pourtant assez d'assurance pour demander :

— Dites, les revues, je peux les découper ?

— Même les manger si tu veux, dit-elle d'une voix qui se perdait dans les froufrous.

Mon silence dut prendre la forme d'un point d'interrogation géant, car elle se retourna promptement. J'étais resté debout, une main sur le dossier de la chaise de velours, je devais avoir l'air bête.

—Va, je plaisante. Tu as des ciseaux, de la colle, un cahier, fais tout ce qui te plaît, mon chéri. Mais assieds-toi vite et ne te montre surtout pas, le docteur ne va plus tarder.

Elle me lança encore un petit clin d'œil complice que j'essayai de lui retourner comme un homme, enfin presque, car j'avais du mal à n'en cligner qu'un à la fois,

avant de revenir sur terre, de me mettre à l'ouvrage.

Ouvrir l'œil et découper, fastoche.

20

La Studebaker blanche du docteur est restée longtemps devant la porte, avec tous ses chromes étincelants dans la lumière.

Quand il l'avait vue venir, Simon s'était levé d'un bond en criant : Monette, Monette, y a une voiture blanche qui vient de s'arrêter devant…, mais elle ne s'était pas précipitée dans le boudoir comme il s'y attendait, elle avait simplement fermé la porte en disant d'une voix rieuse, détendue et enveloppante comme un voile : Calme-toi, c'est le docteur, puis se ravisant, la tête dans l'embrasure :

— … et c'est une Studebaker.

Sourire Gibbs et vlan, la porte. Un point pour elle. C'est vrai que les marques ne m'intéressaient pas. Pour moi, il y avait notre Quatre-chevaux, un tacot, et puis toutes les autres que le mot voiture suffisait à distinguer, au contraire de Freddy qui possédait là-dessus une science exemplaire, passant des après-midi entières, quand

Nez-Coulant, de corvée moisson, l'abandonnait, à relever, assis sur le parapet du pont que
longeait la grand-route, les marques des auto-
mobiles, applaudissant au passage d'une Dela-
haye, d'une Hotchkiss, d'une Ford Vedette,
d'une 203, sifflant la Volkswagen, la Simca 8, la
Delage qu'il n'aimait pas ou déchargeant de la
voix et du geste les rafales terribles d'une
mitraillette invisible sur les Traction avant, dont
une sœur avait, semblait-il, causé la mort de son
père, par arrêt cardiaque, au temps de l'Occupa-
tion.

Clic clac clic clac, le bruit des hauts talons
dans la cuisine, une voix grave, inconnue, où
celle de la Monette se faufile en chuchotant, un
point par-dessus, un point par-dessous, petit tis-
sage affolant avec des rires et des cris de souris
qui s'entortillent dans l'escalier. Drôle de docteur. Qui ne plaît pas du tout à Simon. Non, pas
du tout.

Absorbé par ses découpages dans les *Ciné
Revue* sur lesquels, une fois la Monette et le docteur dans l'escalier, il s'était jeté, les mains brûlantes, le cœur battant et les yeux comme des
billes roulant en désordre, Simon n'avait plus
rien entendu que sa propre respiration. Les
ciseaux au garde-à-vous devant Silvana Mangano plantée en bas noirs dans le riz amer, il ne

se souvenait pas d'avoir été aussi affolé de sa vie. Moite, la main tremblante, et suant de convoitise et de frousse, il approcha la pointe des ciseaux de la poitrine fière. Pour la rizière, pas de problème : à la corbeille, la barque et la croupe du cheval itou. Mais les seins pointés, c'était du sérieux, un coup de travers, et tout était fichu. Pas de panique surtout, mon vieux Simsi, ce n'est quand même pas la mer à boire, un peu de calme, du doigté, et l'affaire sera dans le sac. Il souffla sur ses doigts et tira la langue. Voilà, bravo. Une de sauvée. Maintenant, vite coller Silvana dans le cahier avant qu'ils redescendent, il l'emporterait ce soir, plaqué comme le saint sacrement sous sa chemise, et le glisserait ni vu ni connu dans son cartable rangé sous le lit. Surtout, ne pas oublier d'inscrire le nom en belles capitales d'imprimerie, avec dessous, de son écriture la plus soignée, ce mot inconnu qui longtemps longtemps devait l'impressionner comme une formule magique : *mensurations,* suivi du code secret 92-72-98. Son téléphone, sans doute, ou sa plaque minéralogique. Il sonderait Pauline en douce. En attendant, buvard. Lisser avec l'avant-bras. Refermer. Aux suivantes.

Simon tournait fébrilement les pages, s'attardait une minute, songeur, revenait sur ses pas, le front plissé, reprenait plus avant. L'embarras du choix, et si peu de temps, si peu. La visite devait bien être terminée là-haut, depuis le temps qu'ils y étaient. Ils discutaient peut-être autour d'une mirabelle, comme à la maison. Sauf que ce docteur-ci, avec sa belle américaine, avait peu de chance de ressembler à notre poussah.

Pas de temps à perdre, donc, mais par où, par qui commencer ? Martine Carol en Lola Montès, Suzy Delair en guêpière, Arletty en combinaison-culotte ou Jayne Mansfield tout en lolos, des fameux en couleurs qui prendraient bien deux pages du cahier s'ils ne débordaient pas ? La tête commençait à lui tourner un peu, faut dire. Il eut envie de pisser, leva les yeux et vit que la Studebaker était partie.

21

Flanqué dehors comme un malpropre. Simon n'en revient pas, il a du mal à retrouver son calme. Trop, c'est trop. Abasourdi plus qu'indigné par la scène qu'il vient de vivre, il s'est assis en haut du talus et arrache l'herbe à poignées. Il est encore trop tôt pour rentrer à la maison, déjà trop tard pour dire que la soi-disant promenade a été annulée au dernier moment. Fouille-toi, et vite, mon bonhomme, pour trouver quelque chose de plausible, quelque chose de convaincant, le roi-tabac n'est pas né de la dernière pluie, comme il le répète à tout bout de champ On ne me la fait pas à moi.

Déjà, le soleil se repose de sa course dans le peuplier, là-bas, du côté de l'église, et Simon a tendu machinalement la main pour le saisir, comme s'il s'agissait d'une orange, et qu'il était soudain redevenu ce gosse dont la candeur fait éclater de rire ensemble son père et sa mère.

Des années plus tôt, mon frère Nico n'était

pas encore né, mes parents rentraient d'une longue promenade avec moi au milieu d'eux, comme un roi, et j'avais eu ce geste-là, de capturer le soleil, et ils avaient ri en se serrant l'un contre l'autre, et j'avais ri avec eux de bon cœur, sans comprendre, mais heureux, heureux, car tout était encore possible pour moi : embarquer dans la caravane des nuages, enterrer la mer dans le sable, ressusciter mes soldats tués au combat, faire disparaître papa et maman en fermant les yeux et vite, vite, les ressusciter en les rouvrant.

Mon pauvre chéri, mais qu'est-ce que tu croyais ? Tout ce petit paradis, beauté, grâce, volupté, que c'était pour toi, comme le soleil entre les doigts ? Vraiment ? Quel naïf tu fais, et tu t'étonnes encore qu'au moment où tu commençais d'y goûter, zou, on t'enlève le plateau sans prévenir, fini, terminé, voici la porte. Dehors.

Tu n'as encore rien vu.

Non, Simon n'arrive pas à comprendre ce qui a pu se passer pour que la Monette réagisse si brutalement. Quelle mouche l'a piquée ? Quelle gaffe a-t-il commise pour la fâcher à ce point et qu'elle en vienne à le traiter ainsi ? Pourquoi, pourquoi, pourquoi ? J'ai fait le guet comme elle voulait, geai plus geai que nature, je n'ai pas bougé de mon poste, je ne me suis pas montré au docteur, je n'ai pas fait de bruit, pas touché au tourne-disque, pas

fouillé les tiroirs, taché le tapis, renversé la bibliothèque, paspaspas, rien, j'ai eu seulement envie de
faire pipi, j'ai ouvert la porte de l'escalier, j'ai
demandé où, sans avoir le temps de finir ma
phrase. Plouf, la douche glacée.

Elle avait crié d'un ton rogue, hargneuse
comme un chien de ferme, crié d'en haut, de
son lit ou de la salle de bains, Va-t'en, laisse-moi
tranquille, retourne chez ta mère, va-t'en, va-
t'en, tu m'embêtes. J'ai besoin de me reposer.
Ah, la paix, bon Dieu, qu'on me fiche la paix !

Touché au creux de l'estomac, Simon. La
main sur la poignée de la porte, ne sachant plus
s'il devait la refermer ou la laisser ouverte, il restait là, inerte, incrédule, écoutant ce rêve qui
s'effondrait en lui doucement comme un mur, à
mesure que les larmes montaient. Puis elle avait
répété Va-t'en, va-t'en, comme si elle sentait sa
présence et il s'était enfui en courant.

C'est dehors seulement, sur le talus, que Simon
se souvint du cahier, resté sur la table au milieu
des revues ouvertes comme les cuisses de Gisèle,
avec la culotte blanche de Marilyn qu'il était
presque parvenu à lui ôter, à force de concentra-
tion. Si l'idée de revenir sur ses pas l'a effleuré un
instant, il a vite laissé tomber : le monde soudain
derrière lui est comme une ville qui brûle.

D'un bond, il s'est jeté dans la pente. Je ne sais plus s'il pleurait ou s'il hurlait de rage. Au bas de la colline, il s'est retourné une dernière fois, a levé sa main, glissé le chalet entre l'index et le médius, puis serré, serré à en avoir mal.

Derrière les hautes graminées qu'il sabre du tranchant de la main comme un faucheur de lune, il y a l'étang où ne nage aucun canard blanc. Mais un soleil immense et rouge qui lui ouvre les bras.

22

— Mais où donc étais-tu, bon Dieu de bon-
soir ? Je me faisais un sang d'encre. Si ton petit
frère n'avait pas eu de la température, j'aurais
couru tout droit chez monsieur le maître. (Pourquoi, diable, n'a-t-il pas encore le téléphone ? Un
homme comme lui, dans sa position ?...) Mais,
regardez-moi ça, si c'est pas Dieu possible ! Tes
chaussures ? : deux sacs de boue. Et dire que je les
ai fait ressemeler la semaine dernière chez le père
Joseph. Mais tu ne penses à rien, Simon, tu crois
qu'on roule sur l'or, qu'on le ramasse sous le
sabot d'un cheval ? Ah, tu as de la chance que ton
père ne soit pas encore rentré, parce que là, vraiment, tu t'es surpassé.

— Mais, maman, je…

— Il n'y a pas de mais qui tienne. Et les
autres, ils sont dans le même état ?

— Maman, je ne les ai…

— Ah, tais-toi ou je te gifle. Elle doit être belle
la tête de la Maryse, si son garnement de Freddy

est rentré comme toi crotté jusqu'aux fesses, je l'entends d'ici, elle qui déjà ne se mouche pas du pied quand elle parle de son homme, le pauvre, il doit se retourner dans sa tombe à cette heure. Bon, allez, déshabille-toi et va te coucher, et ne réveille pas ton frère, j'ai bien assez de soucis comme ça. Mais file donc, allez, plus vite que ça, on s'expliquera demain.

Restée seule, elle rassembla les vêtements de Simon, déposa le pantalon sur une chaise près du poêle. Quant aux godillots, elle avait beau les tourner et retourner dans ses mains baguées de perruche, ils avaient tout l'air de monstres dégoulinants, baveux, irrécupérables. Sa vie à elle tout à coup lui parut boueuse, minable, désespérément vide. Elle sentit que tout l'abandonnait et s'assit, s'affala plutôt, comme sous le poids d'une fatigue immense. Elle n'avait pas lâché les chaussures, qui pesaient comme sa vie, et se mit à leur parler, en soupirant et en secouant la tête. Sacrés gosses. Des petits anges, des futurs saints ! À entendre monsieur le curé, on dirait qu'il parle de nougat. Croissez et multipliez-vous, qu'il répète, pour la gloire du Seigneur. Un dans le tiroir, tous les ans, ou presque. Et pourquoi pas dix d'un coup, qu'on en finisse une fois pour toutes ? Et des péchés comme s'il en pleuvait pour ceux qui n'en font pas, mais qui font quand même, tous les deux ou trois jours. Ah, si j'écoutais mon Georges, deux fois par jour que ce serait, il est infernal, jamais assez, et après, pour la pauvre Mathilde : à confesse, allez, que je t'emballe trois Pater et deux Ave vite fait bien fait. Lui s'en fiche pas mal, son plaisir avant tout, là où il a de la gêne, comme il dit. N'empêche, c'est moi qui dois compter dans le noir, sinon je suis bonne pour la savonnée, le bain de siège et pour la peur jusqu'au retour des Peaux-Rouges. Jésus, Marie, Joseph, faites que cette fois, non. Se retirer, se retirer, elle est bien bonne, celle-là, qu'il crie. Il se retire, lui, le curé, avec sa bonne ? Ne blasphème pas, Georges, c'est des racontars tout ça, tu n'étais pas là pour tenir la chandelle. Eh bien, il a de la chance, parce que tu sais ce que j'en ferais, moi, Tili, de la chandelle au curé ? Je la lui fouterais dans... Georges, Georges, embrasse-moi plutôt, c'est pas pécher au moins ça. Le sacripant, je ne les raurai jamais, ses godasses. Je me demande bien dans quel guêpier il est encore allé se fourrer pour me les arranger comme ça. Ah, les hommes, le bon Dieu a dû se tromper dans ses calculs quand il les a inventés. Une petite gamine, c'est quand même autre chose, toujours comme un sou neuf, ça ne grimpe pas aux arbres, ça reste à la cuisine, l'œil à tout, bonne écolière, dis, maman, pour le flan, combien de sucre ? on n'est plus seule à tout faire. Encore qu'une pareille à la Pauline, non merci, c'est pas du nanan. À entendre sa mère, un vrai garçon manqué, d'ailleurs toujours à courir le ruisseau avec eux. Faudra que je dise à Simon de l'éviter.

Elle reposa le couteau sur la table et le journal sur lequel elle venait de décrotter les chaussures, retourna celles-ci sous la lampe. Voilà, c'est déjà plus présentable. Une nuit à sécher sur l'appui de la fenêtre, et demain, un coup de brosse et hop, comme des neuves.

La pendule à coucou sonna dix heures. Mais qu'est-ce qu'il fabrique, Georges ? J'en ai plein le dos d'attendre, moi. Demain, qui est-ce qui sera debout la première pour allumer le feu, préparer le café, cirer les souliers de monsieur ? La Mathilde, pardi. Bonne à ça, la Mathilde, servante aux pieds de son seigneur, parée pour ses beaux yeux et toujours prête à le recevoir. Ces hommes, pas un pour relever l'autre. Des promesses grandes comme le bras, au début, quand on est encore tout feu tout flamme, mais au bout du compte, dès qu'il faut souffler un peu sur les braises, il n'y a plus personne, bernique, du vent. Comme pour ma baignoire, la semaine des quatre jeudis que ce sera, si j'attends qu'il s'en occupe. Des vétérans ? une bande de soûlauds, oui, chacun bien content d'être débarrassé de sa commère pour aller jouer les jolis cœurs, et que je te fasse les yeux doux à la serveuse, et que je te lui tape sur les fesses en passant, que je te lui lorgne le balcon. Ah, Georges, pas la peine de me jouer la comédie, avec tes Tili par-ci, tes chérie par-là, il y a belle lurette que je te connais, va, et crois-moi, je sais ce que je sais. Une fois passé la porte, l'alliance dans la poche, bonjour la prétentaine. Tu crois que je ne vois rien. Tu te trompes et tu as une sacrée chance qu'il y ait les gosses. Sans ça, je te montrerais de quel bois je me chauffe. Tiens, quand on parle du loup…

Elle marcha sans se presser vers le téléphone, elle savait qui l'appelait à cette heure et pour quoi. Qu'il marine donc un peu dans son jus, ça lui fera les pieds.

— Allô, oui, c'est moi, bien sûr c'est moi, qui veux-tu que ce soit ? Le pa… Oui, c'est ça, c'est ça… Bien entendu, oui… Ah, ça oui, pas besoin de le dire, ça s'entend. Naturellement que je comprends, naturellement… Amuse-toi bien. À demain.

23

Quand la clochette de l'entrée se fit entendre, Mathilde en bigoudis, courbée sur la table, était en train de repasser. Elle maugréait. Qui est-ce qui m'a inventé ces cols de chemise ? Si seulement il en changeait moins souvent, mais non, monsieur veut parader comme un coq sur son fumier, ce ramassis de poivrots. J'suis le patron, qu'il dit, et je tiens à ce que ça se voye et qu'on me respecte. Pour l'heure, il cuve son vin, après sa nuit passée Dieu sait où, à boire et à chanter. Rentré à huit heures ce matin parce qu'il avait cru bon, comme il le lui avait dit hier soir au téléphone d'une voix chancelante, de ne reprendre la route qu'au matin, tu comprends, Tili, frais et dispos. Mon œil. Encore un qu'elle avait eu tort de garder ouvert pour soi, car elle n'avait pu fermer l'autre de la nuit, et ce matin elle n'était pas à prendre avec des pincettes.

Simon se tenait à carreau. Assis sur le canapé, il racontait à son frère pour la énième fois l'histoire de Hansel et Gretel. Sa patience, déjà mise à rude épreuve, commençait à s'effriter sérieusement, le loupiot ne cessant de le ramener à des illustrations qui couraient toujours plus vite que le texte, exigeant encore et encore de nouveaux détails, et pourquoi ci, et pourquoi ça, et où elle est la sorcière, etc. La moutarde lui montait au nez.

Au drelidrelong, Simon sauta sur ses pieds, jeta le livre par terre, et fut dans l'escalier avant de le dire, content d'être enfin libéré de sa servitude, tandis que le frérot à l'abandon poussait des cris d'orfraie : il m'a perdu ma paze, maman, il m'a perdu ma paaaz...

Elle. En chair, en vérité et sur son trente et un, dans une robe de mousseline rouge à pois blancs, cintrée, la taille prise par une large ceinture de tissu noir, des bas gris à couture, des talons hauts. De dos, cambrée, les fesses saillantes. Simon, dans l'embrasure, le souffle coupé. L'impression de ne plus pouvoir respirer que par les yeux, à en avoir mal aux paupières. Elle a dû sentir tout de suite le regard pointu car la voici qui tourne sur elle-même, jouant la surprise, bouche en cœur, les lèvres coquelicot, la voix rauque, câline, sainte-nitouche.

—Ah, Simon, c'est toi qui me sers aujourd'hui ? Tu es tout seul ?

Dit comme ça, avec cette voix-là, cette bouche-là, ces lèvres-là, il y a de quoi se tromper. Simon entend : C'est toi qui me serres aujourd'hui, on est tout seuls. Le cœur lui saute à la gorge, son sang tourneboule, ses mains s'affolent. Mon Dieu, faites que maman reste en haut, à consoler le frangin, à s'emmêler dans ses bigoudis, que le roi-tabac ne rapplique pas comme par hasard, alerté par son petit doigt et nous la joue en Technicolor, cirage et brosse à reluire.

— (Qu'elle s'en aille, vite, ça suffit comme ça, je ne veux plus la voir, plus jamais)

— Mais tu as perdu ta langue, ma parole. Tu en fais une tête ! Tu es fâché pour hier, c'est ça ? Pardonne-moi, mon loup, mais je me suis sentie tout d'un coup si fatiguée après le départ du docteur, tu ne peux pas savoir. Sans force, comme partie. Tu comprends ?

Non, il ne comprend pas, il ne veut pas comprendre, elle lui a fait trop mal. Pourtant, quelque chose en lui veut encore, le pousse vers elle. Quelque chose qu'il déteste plus qu'il ne la déteste elle. Quoi, il ne sait pas. Il fait non de la tête, mais ses yeux le trahissent. Elle s'approche de lui, tend la main pour caresser sa joue ; il se recule vivement et heurte du coude le coin de l'étagère. Une avalanche de boîtes de conserve s'ensuit, qui déclenche un potin du tonnerre des dieux. Voix alarmée de maman dans l'escalier.

Boîtes qui roulent dans tous les sens, avec un bruit de boîtes qui roulent. Le ventre appuyé contre l'étagère et les bras écartés, Simon s'efforce de maintenir sur sa base la pyramide de bocaux de cornichons voisine qui tangue dangereusement et menace ruine, elle aussi, par contagion. Éclats de la mère arrivée sur les lieux.

— Simon, Simon, tu n'en feras jamais d'autre. Je ne peux pas te laisser seul cinq minutes sans que tu provoques une catastrophe. C'est un comble, quel maladroit !

Rétablissement instantané, une main relevant la mèche échappée du bigoudi, la bouche en cœur, quand elle aperçoit la cliente :

— Oh, pardon, madame, je ne vous avais pas vue, dans ce capharnaüm. Mais laissez donc, je vous prie, Simon les ramassera, il n'a que ça à faire et fera au moins quelque chose d'utile.

— C'est ma faute, dit la dame en déposant sur le comptoir les deux boîtes de petits pois et carottes qu'elle a récupérées, je suis si étourdie, j'ai dû faire un mouvement trop brusque. Votre fils n'y est pour rien. Il est charmant du reste. Mais si, mais si. D'ailleurs je prends ces deux boîtes, et deux de cornichons, s'il vous plaît. Et du lait condensé, oui, deux également, c'est mon chiffre aujourd'hui. Ajoutez-y une laitue, une belle, n'est-ce pas, la joufflue, là, par exemple, et une petite botte de carottes. Parfait, elles sont grosses cette année. Ah, j'allais oublier : du vin.

On m'a dit que vous aviez une bonne cave. Je voudrais un sancerre et deux pauillac, votre meilleure année, du 53, je crois, s'il vous en reste...

Sitôt la commerçante descendue à la cave, la Monette se penche vers Simon toujours à genoux, qui rassemble sans se presser les boîtes cavaleuses. Met sa main sur sa main sur une boîte, la retient, lui sourit, l'œil brillant, écarquillé, puis pose un doigt sur les lèvres de l'enfant, motus. Alors, s'accroupissant devant lui et retroussant sa robe d'un geste vif, elle écarte largement ses cuisses. Seigneur !

24

Des jambes et de l'énergie, Simon en a à
revendre en grimpant le Haut-Mal derrière la
Monette qui danse dans les nuages, avec sa robe
balancée au rythme de la marche et les gros pois
blancs qu'elle sème de part et d'autre du
chemin. Lui aussi se sent des ailes, malgré les
sacs de commissions qui lui coupent les doigts.
L'injustice et l'affront de la veille, et la douleur,
et sa rage et ses larmes : fumée. Il a suffi qu'elle
vienne et qu'elle écarte les jambes pour que tout
cela disparaisse comme par enchantement. Mon
Dieu, ça fait mal de revoir ce gamin trop vite
monté en graine, suivre cette rombière comme
le saint sacrement, les yeux fixés sur la couture
du bas tendu à craquer qui bombe le mollet ; de
revoir avec quelle ardeur il montait au ciel,
l'innocent ; montait en chair dans ses culottes
trop étroites vers le tabernacle qu'elle lui avait
ouvert un quart d'heure plus tôt entre ses
genoux. On aurait dit qu'il allait décoller. Au

lieu de quoi, il a trébuché, s'est étalé lamentablement, et la dame en se retournant a simplement relevé ses lunettes de soleil sur son front
comme une star d'Hollywood, et froncé les
sourcils avec un tel air que Simon s'est précipité
pour devancer ses cris, non, non, Monette, les
bouteilles n'ont rien, regardez.

— Et tu t'es fait mal ?

Des écorchures aux mains et au genou, rien,
trois fois rien. Pourvu qu'elle sourie, se remette
à marcher, que sa robe se balance et se soulève
à nouveau, qu'elle s'envole en découvrant ses
jambes et ce bonheur des yeux tout en haut qui
n'a pas de nom et qui le fait trembler.

Sacré cœur, disait Pauline, mon sacré cœur,
et, quand il refusait de lui montrer son histoire à
lui, elle criait : Tu ne la verras plus, ma tirelire !

Entrailles, avait dit sa mère, un soir qu'ils
étaient seuls et qu'elle l'avait pris sur ses
genoux, pour lui expliquer les choses qu'il devait
savoir à son âge, disait-elle en cherchant ses
mots, qu'il devait savoir même si elle trouvait
que c'était encore un peu tôt, mais vu les questions qu'il posait sans cesse, et vu qu'il risquait
d'apprendre tout de travers, déformé et sali par
les vauriens qu'il fréquentait, et parce qu'il ne
fallait jamais rire de ça, que c'était une chose

belle et sacrée que le bon Dieu avait mise chez la femme pour perpétuer l'espèce, et que

— C'est quoi, perpétuer l'espèce ?

— Ne m'interromps pas, bon sang, c'est déjà assez difficile comme ça, je disais que c'est... Allons, tu vois, tu m'as fait perdre le fil avec tes questions. Attends au moins que je réponde. Bref, c'est une chose sacrée que Notre Seigneur a donnée à la femme pour que le monde continue à faire sa volonté... Enfin, tu m'écoutes, oui ou non ? Cesse de gesticuler comme ça ou je m'arrête.

—Y a quelque chose qui me pique la jambe, m'an.

Une épingle de sûreté ouverte dans son tablier. Elle la retira, la posa sur la table, et Simon se rassit sur ses genoux.

— Bon, tu vas réciter un Je vous salue Marie, ce sera plus commode. Tu le connais encore au moins ?

À mi-chemin, elle l'arrêta en posant sa main sur ses lèvres.

—Écoute bien, je répète : Le fruit de vos entrailles est béni. Les entrailles. Tu comprends ? Non ? Gros bêta, les entrailles, c'est là où sont les bébés. Le fruit, c'est le bébé.

Elle montrait la place de son ventre sur le tablier, juste sous les seins. Ce n'était pas à cet endroit-là qu'il pensait, mais plus bas, comme pour la tirelire de Pauline.

— Et comment qu'ils naissent alors ?

— Eh bien, c'est le docteur ou la sage-femme qui… tu sais bien, sœur Antonine, rappelle-toi, quand on disait que j'étais tombée dans l'escalier et que tu hurlais parce que tu voulais me voir pour m'embrasser, et que tante Henriette qui te gardait t'en empêchait, tu lui en as assez voulu pour ça. Oh, je sais, elle n'a jamais fait dans la tendresse, mais que veux-tu ? quand on n'a pas pu, comme elle, avoir d'enfant. Dieu sait si elle en a pourtant consulté des spécialistes, allant même en cachette jusqu'à Metz voir un charlatan, tireur de cartes, à ce qu'on dit, qui lui avait promis monts et merveilles, naturellement, par ici la monnaie. Et ses pèlerinages à Lourdes, et ses cures à Forges-les-Eaux, à Aix-les-Bains, à Spa. Le tour du monde sur les genoux, qu'elle aurait fait. La pauvre, ça n'a rien changé à rien, sauf son caractère. C'est la vie, comme on dit. Le destin. Enfin…

— Et comment qu'ils naissent alors, les bébés ?

— Eh bien, comme je te disais, le docteur ou la sage-femme viennent quand on a les douleurs rapprochées, et ils aident le bébé à sortir du ventre, on le lave, on l'emmaillote et voilà ton petit frère.

— Oui, mais par où ?

— Quoi, par où ? Par les entrailles, pardi. Oh, et puis ça suffit pour aujourd'hui, tu n'auras qu'à demander le reste à ton père. Ça sent le brûlé, pourvu que ce ne soit pas mon rôti...

Simon resta pensif un long moment. Entrailles, c'est plutôt moche, ça fait tenailles, poitrail, cheval. Tirelire, au moins, ça a le mérite de chanter. Quant à sacré cœur, bon, ça sent son eau bénite à plein nez et puis c'est tout de même un peu risqué, rapport à monsieur le curé qui crierait au sacrilège s'il l'apprenait, et de toute façon c'est parfaitement inutilisable en présence de Freddy qui n'aurait qu'un mot, je l'entends d'ici, qu'une réplique imparable : Sacré cul, oui, mon couillon. Bref, Simon n'était pas plus avancé. Ça n'était pas encore ces trois expressions sans commun dénominateur en définitive, qui allaient lui expliquer, non pas d'où venaient les enfants ni comment on les faisait (il en avait une vague idée, que Freddy lui avait adroitement résumée en faisant glisser un doigt de sa main droite dans le cercle formé par les doigts de sa main gauche), mais à quoi pouvaient bien servir ces drôles de chaussettes sans talon, ces gants de toilette bizarres, étroits, sans ouvertures et toujours un peu rougeâtres qu'il voyait suspendus à intervalle régulier sur la corde à linge, derrière les draps immaculés. Le mystère restait entier. Pourtant Simon pressentait que les deux choses avaient comme qui dirait partie liée. Par où ? Ça, ce n'est pas son père qui allait le lui dire, lui qui l'envoyait sur les roses à chacune de ses questions avec son sempiternel Mon fils, si on te le demande, tu diras que tu n'en sais rien. Bref, Simon se dit qu'il avait encore du pain sur la planche s'il voulait être à la hauteur.

25

Que sa mère ait accepté sans la moindre hésitation qu'il raccompagnât la Monette dépassait l'entendement de Simon ; qu'elle lui ait donné de surcroît la permission de rester à déjeuner tenait proprement du miracle. On aurait dit qu'elle voulait à tout prix jouer les aveugles, à tout prix refuser de voir en cette cliente bien mise, sympathique au demeurant et dépensière comme dix, la créature raillée par les habitués du bistrot, son bêtard de mari en tête, ou alors c'était comme si, tout à fait lucide au contraire, elle se réjouissait à l'avance du bon tour qu'elle allait jouer au bambocheur, ce vétéran du samedi soir qui la prenait décidément pour une idiote, et qu'elle trépignait intérieurement de prendre une revanche méritée sur les longues nuits passées à l'attendre, le corps transi, l'âme inquiète, racornie, vieillissante, dans le grand lit froid.

Ce qui est sûr en tout cas, c'est qu'elles avaient soudain éclaté ensemble d'un rire de collégiennes en goguette, tandis que Simon courait après les boîtes qui continuaient de rouler sous les tables, les chaises, et ça, ce rire-là, Simon n'en était pas revenu. Voir sa mère s'envoler avec la Monette sur un trille aussi enjoué que celui de Pauline quand, juchée sur l'arbre de leur rendez-vous derrière le hangar, elle le canardait avec des pommes de pin, lui coupait littéralement la chique. À peu près comme si sa mère avait tout à coup relevé sa robe en public et montré son cul tambour battant. C'était à la fois si incongru et si délicieusement juvénile qu'il en avait été attendri, avant de se sentir blessé. Il fixait la scène d'un œil incrédule comme s'il était en train de rêver ou voyait sa mère pour la première fois, comme si elle avait été quelqu'un d'autre tout à coup, une jeune fille belle, désirable dans la lumière bleue du matin. Le charme avait opéré pendant deux, trois secondes, juste le temps de battre des paupières, puis la vision s'était évanouie, et sa mère était redevenue l'informe, l'incolore, l'invisible élément du décor familier : maman. S'étant vivement retourné pour cacher la gêne, l'irritation, le désarroi que cette soudaine métamorphose provoquait en lui, Simon avait cherché dans la vitrine ensoleillée de quoi se recomposer un visage neutre, mais n'avait rencontré qu'une plage de lumière parsemée de traces graisseuses, doigts, coups de torchon et dégoulinures, crottes de mouches et fientes séchées qui lui tirèrent une grimace de dégoût.

Dès l'entrée, la Monette déchargea Simon, déposa les sacs de commissions sur la table, sortit le vin, rangea une bouteille dans un haut meuble blanc, laqué, avec une seule grosse poignée (c'était donc ça, son fameux réfrigérateur), les autres dans un coin, derrière un rideau à grosses fleurs roses, puis s'éventa avec un journal qui traînait sur une chaise.

— Je suis trempée comme une soupe, dit-elle en soufflant. Cette corvée m'a épuisée. Que dirais-tu d'un bon bain, ça nous remettrait d'aplomb, non ? (Ça y est, ça recommence, mais je me sens bien moi, à part mes paumes et mon genou qui pincent) Oh, mais j'allais oublier, mon pauvre chéri, tu saignes. Assieds-toi là, j'ai ce qu'il faut. Une minute.

Elle traversa le salon, déposa un disque sur la platine en passant, le premier venu, lança l'appareil et grimpa l'escalier. La musique tout de suite, la musique comme un déluge, une inondation, noya tout : la douleur du genou, le salon et ses gardiens barbichus, la salle de bains, la Monette grimpante et le sexe retombé, et l'étonnement d'être ici à nouveau, et l'étrange comportement de cette femme, et les largesses incompréhensibles de maman.

Comme attrapé par le col, Simon s'est collé à l'électrophone. La voix du chanteur a quelque chose de râpeux et de chaud qui balance sur deux temps, un rythme neuf pour l'enfant nourri au sirop du musette et des chansonniers à rouflaquettes et canotier de la TSF. Ça chaloupe avec des grognements, des raclements de gorge et des exclamations comiques comme quand Julos a bu ses deux bouteilles de gros rouge et qu'il s'accroche aux chaises pour chercher la sortie. Simon n'est plus qu'une oreille immense qui tourne autour de l'appareil comme une fleur qui vient de trouver la lumière.

Quand le silence revint, falaise abrupte, Simon se sentit nu d'un seul coup, et fort gêné par ce corps qui lui retombait sur les bras et qu'il ne reconnaissait pas. Quelque chose l'avait envahi comme la mer quand elle est démontée, puis rejeté sur le sable dans une solitude si profonde qu'il eut soudain la sensation de tomber d'une autre planète sur une terre étrange et inhospitalière, le corps entouré d'inconnus patibulaires qui allaient sortir de leurs cadres avec leurs moustaches, leurs lavallières et leurs montres à gousset pour lui demander des comptes Qu'est-ce que tu fais ici, chez nous, fiston, à branler du chef sur une musique de singe ? Il lui fallait vite relancer l'appareil pour les chasser, mais il ne savait pas comment s'y prendre et, faute de mieux, se mit à répéter les dernières paroles comme un exorcisme, en gesticulant

Et moi je gueule ce soir
le blues du dentiste dans le noir

Et moi je gueule… Bis et rebis, tout en cherchant la pochette du quarante-cinq tours, soulevant chaque disque avec des précautions de chanoine. En vain, zut, zut et rezut. Dernière solution : se hausser sur la pointe des pieds, faire tourner lentement le microsillon avec un doigt et déchiffrer l'inscription sur l'étiquette centrale. Henri Salvador, *Blouse du dentiste* (Boris Vian/ H. Salvador).

Salvador, un latino à coup sûr, de cette Amérique des pampas où Julos avait dansé la rumba et le tango, comme il le racontait, dans des bars à loupiote rouge au fond d'une arrière-cour remplie de poubelles à moitié renversées par des chiens rachitiques, et puis joué du couteau avec des types aux cheveux noirs, lustrés à la gomina, et fringués comme des asticots de cercueil corse, une expression de son cru, qui le faisait se rengorger comme un pigeon royal. Chaque fois, Julos rajoutait des détails et n'hésitait pas, pour emporter la conviction d'un auditoire médusé, à relever sa chemise sur la triste, laide et finalement banale cicatrice qu'il avait au bas du ventre, comme une vieille appendicite recousue à la chandelle par un dentiste imbibé de bourbon ou de téquila. Ce qui laissait Freddy de bois, comme d'habitude, haussant les épaules. C'est rien que du bluff, marmonnait-il, car il craignait les cinglants revers de manche de Julos. Paroles de jaloux qui n'empêchaient pas Simon d'imaginer la rencontre nocturne et foudroyante de Julos avec le père Salvador dans un bistroquet de marins avinés, les uns terrassés et dormant sur des tables dégoulinantes de graisses, les autres chantant la chope en l'air, tandis que la patronne, une rougeaude à la chair flasque, la cigarette au bec, tapait à grands coups de son torchon torsadé sur un petit noiraud, la casquette de travers et les yeux injectés de sang, qui avait sorti son couteau et cherchait la bagarre. Sûr et certain que Julos l'avait rencontré là, Salvador, et qu'ils avaient chanté bras dessus, bras dessous le blues du dentiste dans le noir d'une nuit argentine. Il avait vécu dans tellement d'endroits extravagants avant de revenir ici plumer de son seul bras valide les vieux joueurs de cartes que tout était possible, tout. Simon lui demanderait à l'occasion.

26

Marilyn Monroe en personne, m'offrant ses lèvres de velours en pâture, ne m'aurait pas fait plus d'effet que n'en fit à Simon, ce matin-là, dans le salon redevenu salon, l'apparition de la Monette, campée sur ses pieds nus, plantureuse et fraîche, les mains retenant sur ses hanches les pans largement ouverts d'une robe de chambre en satin rouge qui ne cachait rien du secret qu'elle avait entre les jambes. Un beau buisson ardent, avec un grain de beauté près de la fourche. Sitôt vu sitôt disparu, hélas, derrière l'étoffe retombée du théâtre vivant, dressé devant Simon, la voix grondeuse et le sourcil froncé :

— Petit vicieux ! À ton âge. On ne t'a donc pas appris qu'il faut regarder les dames dans les yeux.

Tout, j'oubliai tout et rougis violemment, agenouillé devant cette femme à la corpulence agressive, les mains serrées sur le tissu rouge autour d'elle comme sur un trésor qu'un inconnu surgi dans la pièce se serait apprêté à lui dérober, et je me demande aujourd'hui encore comment j'ai pu ne pas comprendre alors qu'elle le faisait exprès, qu'elle jouait avec moi comme le chat avec la souris ; comment j'ai pu me sentir coupable au point de me confondre en si piteuses excuses, bafouillant et me tordant les yeux devant elle qui jouait les offensées de service avec des airs de tragédienne de province. Comment ?

— Viens te laver, dit-elle d'une voix cassante, tu empestes.

En proie à mille sentiments plus confus et contradictoires les uns que les autres, l'envie de décamper et celle de rester, la honte, le désir, la curiosité et la colère, l'attente des coups et la peur de la fâcher davantage, Simon a baissé sa tête d'agneau et il passe devant elle comme l'enfant puni, sous la règle du maître d'école. Épaisse et chaude, la main de la Monette le saisit à la nuque, pèse sur son cou. Sa chose, voilà, je suis sa chose, c'est ce que j'aurais dû penser à ce moment-là, si j'avais eu un peu de plomb dans la cervelle, comme disait mon père, mais c'était si bon, si nouveau et je tremblais et j'étais tout retourné. Adieu Simon, bonjour Machin. Le gosse obéit et j'enrage, j'enrage encore de voir ce qu'une éducation approximative et brutale fait d'un enfant gauche, timoré, précocement pubère et d'une curiosité crasse, et j'entends d'ici les ricanements de ce roquet de Freddy s'il avait eu vent de la chose : Simon, le gentil caniche à sa dadame, couché ! Comme il aurait eu raison, comme j'aurais bien fait de l'écouter. Je les regarde monter l'escalier, elle le tenant comme si elle craignait qu'il regimbe et, d'un mouvement rapide, lui glisse entre les doigts. Elle sait pourtant d'instinct de quelle laine il est fait, de quelle lâcheté, et ce qui le picote au ventre, ce qui le mène, et comme sa curiosité et son désir et sa panique sont mêlés, et comme il est brûlé par le musc et la sueur qu'elle dégage par tous ses pores, et comme il a baissé facilement sa garde, plus détendu que son arc de jeune Indien le jour où, surpris par une échauffourée de moineaux dans un ciel bleu, il a perdu sa première plume de guerrier, tandis que Torpille, son vieux chien, sortait du taillis, l'air tout déconfit et passablement dégoûté de servir un maître si lamentable. Pauvre benêt, reprends-toi ! tourne la tête ! regarde ! regarde !

Une pression de la main sur son cou a ramené brutalement Simon à la réalité, réveillant l'escalier, le musc, l'image de la toison rousse, du grain de beauté et des seins aux larges aréoles. Trop tard.

— Déshabille-toi.

La salle de bains éclatante comme un matin de mai sur l'échafaud. Le couperet de sa voix. Simon perdu, déséquilibré, tout riquiqui, chancelant, qui ne sait plus rien de rien, où il est ni pourquoi, regardant la femme comme une perruche géante, la bouche en feu, les dents qui brillent, ses yeux glacés de maîtresse, sûre d'elle, insensible. Et ce qu'il sent monter en lui avec l'angoisse et le désir ensemble, et qu'il refoule, c'est une voix défaite qui implore Allez-vous-en, laissez-moi, je ne suis qu'un enfant et vous…

— Dépêche-toi, je n'ai pas que ça à faire. Le bain va froidir. Tu étais moins gêné tout à l'heure, non ? Allez, je ne le mangerai pas, ton petit jésus.

Depuis qu'ils sont entrés dans la pièce embuée et qu'elle a refermé la porte sur eux, et qu'ils sont debout l'un devant l'autre et que sa robe rouge s'est rouverte, le petit jésus s'est remis à grandir effrontément et Simon, rubicond, ne sait plus comment se tenir pour le soustraire à sa vue. S'enfuir, c'est trop tard ; penser à sa mère, aux murs suintants du collège, inutile : il se tend malgré lui vers elle et se tortille, pitoyable, ridicule, aussi rouge que son jésus perché. Cela ne peut durer plus longtemps. Tournant brusquement le dos à la Monette, l'enfant se déshabille et entre dans le bain.

L'eau a beau être d'un bleu à faire pâlir un lac de carte postale, elle est chaude, trop chaude et les pieds lui brûlent, impossible de s'y asseoir d'emblée, de disparaître au fond. Agrippé aux rebords de la baignoire, Simon se contorsionne pour échapper à l'ébouillantage et aux regards perçants de la dompteuse en peignoir. Il lui semble que sa petite queue est si monstrueuse qu'on la voit de tous les côtés à la fois, qu'elle va finir par envahir la pièce, si elle n'éclate pas, et qu'elle sent si fort (Schlingue, corrigerait Freddy), qu'elle schlingue tellement que la Monette va le chasser comme un malpropre, en se bouchant le nez et en le traitant de tous les noms, si bien qu'il ne pourra jamais plus reparaître devant elle, la regarder même de biais en passant. Alors adieu paradis, découpages, adieu Tom Mix, Jean Robic et Silvana Mangano, adieu rizière et vous, crêtes invincibles, fini le Tourmalet et les pavés des Flandres, les bas qui grésillent et les petites culottes qui s'enlèvent à l'œil nu, adieu Elvis et Salvador, mes premiers rockeurs, la blouse du dentiste et la robe de chambre en satin rouge, adieu Monette.

Leurs regards se croisent. Cesse de faire l'idiot, dit-elle, tu as quel âge ?

Même couché de tout son long, pas moyen de noyer le périscope. Repérable à des milles. Une cible parfaite. Pas assez d'eau. Baisse d'étiage. Elle s'approche, tend la main. Simon se redresse comme mû par un ressort, éclaboussant la Monette qui ouvre en se reculant les pans de son théâtre magique. Dieu du ciel !

— Eh ben, tu promets, toi, mazette. Non, non, je ne toucherai pas, calme-toi. Montre-moi tes mains, ton genou, tu permets au moins que j'y jette un œil. Bon, ce n'est qu'un bobo de rien du tout, j'ai oublié le mercurochrome, mais le savon suffira. Sens comme il est doux et parfumé, tu vas sortir d'ici comme un bouquet de lilas. Allez, zou, laisse-toi faire.

C'est fou le pouvoir d'une voix. Il a suffi qu'elle enlève les couteaux de la sienne pour que Simon s'abandonne et ferme les yeux. La Monette a raison, c'est du nanan. Les déplacements du gant sur sa peau réveillent une fourmilière endormie, et c'est toute une armée en campagne qui descend sa colonne puis remonte vers le centre névralgique, son périscope de chair. L'alarme instantanément se déclenche, mais, trop tard, Simon est cerné, sans réaction ; la main gantée, d'évasive et comme indifférente, devient lourde et s'égare peu à peu, comme fourvoyée par l'eau, près du pubis où elle se met à tourner, tourner, tourner insupportablement. (Arrêtez, je) le cri ne passe pas les lèvres du gamin. La rondeur pleine d'un sein lui effleure le visage comme un toucher de colombe, et c'est le ciel qui s'ouvre. Simon, les yeux clos, décolle, ça y est, il rentre les pieds, le bonheur est dans la soute, mais tiré brutalement en arrière, il rouvre les yeux. La Monette a son jésus dans la main et le serre comme une anguille. Qu'elle décalotte d'un coup sec, arrachant à Simon un petit gémissement de douleur. Ça aussi, ça se lave, mon grand. Sa voix rauque et brûlante dans le creux de son oreille balance entre le reproche et la caresse, et l'enfant reste interdit, entre ciel et terre, à se demander s'il doit rire ou pleurer. J'entends encore maman me crier d'en haut : Et lave-toi bien partout, hein ! N'oublie pas, les fesses, le trou de balle, le zizi et tout. Pour le détail, voir notice. À entendre la Monette, Simon a oublié de lire entre les lignes, et n'est pas propre là où il faut, et schlingue, comme dirait l'autre. La honte l'envahit des pieds à la tête, tandis qu'elle tire sur son histoire, pas du tout à la manière de Pauline, qui se contente de la serrer comme un berlingot dans sa main, mais de haut en bas, de bas en haut, avec des pressions, des attendrissements qui mettent Simon sens dessus dessous parce que c'est terriblement doux et que son cœur roule à cent soixante dans un véhicule plein d'eau qu'elle conduit comme une folle.

Il a refermé les yeux, le souffle de la femme sur sa cuisse est chaud, haletant, et ses doigts autour du gland tendu à craquer accélèrent leur mouvement. C'en est trop. La fourmilière d'un bond lance l'assaut, lui grimpe des reins dans la tige, il a juste le temps de crier Monette, Monette ! et c'est trop tard, le périscope est touché de plein fouet, le sous-marin éventré s'enfonce lentement dans les profondeurs marines. Quand le naufragé revient à la surface, quand il revoit la plage, mon Dieu, l'effroi, la honte, la détestation de soi à constater les dégâts, ces traces sur sa main à elle, son visage et jusque dans ses cheveux. Et dire que c'était bon, et que j'ai aimé ça et que j'ai ouvert les yeux et que je n'ai rien fait contre. Elle déjà s'est relevée, s'essuie avec application devant la glace du lavabo, puis, regardant Simon d'une façon bizarre, mi-figue, mi-raisin, Eh bien, mon cochon, tu m'en as mis partout.

Au lieu de lui répondre qu'elle se trompe, qu'il n'est pas un cochon, que c'est elle, de sa faute à elle, qu'elle n'avait pas à… Simon se cache dans ses mains, il voudrait disparaître, revenir en arrière, repartir de zéro, mais le mal est fait, comment pouvoir la regarder en face dorénavant, et comment l'aimer encore après ça ? Il pense : salie, je l'ai salie, souillée, dégoûtée à jamais. Elle va me jeter dehors, et que tu n'y reviennes plus, espèce de malotru. Et c'est lui qui implore, qui balbutie, qu'elle lui pardonne, qu'il ne l'a pas fait exprès, que c'est venu tout seul, qu'il n'a pas pu se retenir, pardon Monette, pardon…

— Cesse tes jérémiades, c'est agaçant à la fin. Tu es un homme à présent, non ? même si tu as encore beaucoup à apprendre. Allez, viens, sors de là, que je te sèche.

La même voix de nouveau, la même à peu de chose près que maman quand elle finissait par faire une croix sur une de mes maladresses. La même. Simon s'est précipité comme un beau diable dans la vaste serviette qu'elle lui tend et qui la cache comme une cape de prestidigita-teur. Il n'a pas le temps de voir que la robe de chambre est en tas à ses pieds, que la Monette est nue. Elle l'enroule dans le tissu-éponge et le serre contre elle. Et soudain, la tête enfouie dans le creux de son épaule, il éclate en sanglots.

— C'est ça, pleure, pleure, ça fait pousser la barbe.

27

Depuis sa petite crise, Simon n'est plus le même. Il s'est comme affranchi des saisons pâles et boiteuses d'une enfance solitaire. Il passe maintenant devant la glace et les miroirs et la vitrine plus de temps qu'il ne convient à un homme pour devenir un homme, comme dit son père, et sa fierté un peu grandiloquente le fait se redresser et sourire bêtement.

La peur qui l'étreignait en classe et qui le tenait à l'écart des brutes dans la cour de récréation a cédé d'un coup, sous les encouragements de ses camarades catéchistes, quand il s'est lancé hardiment dans la bagarre qui opposait le grand Freddy à un petit de première année, flanquant son poing pour finir dans la face ricanante du tueur de cochon qui en était resté comme deux ronds de flan. Sans l'intervention en sa faveur du charpentier-couvreur, une espèce de grand escogriffe tout en muscles, à tête de gargouille mais avec des yeux de saint-bernard, qui suivait la scène du haut de son échelle, il aurait dû ravaler immédiatement son succès sous les taloches bien senties du curé sorti en trombe de la sacristie, sans compter que le zéro de conduite récolté, sur quoi l'ardoisier au grand cœur ne pouvait peser, lui aurait valu une fameuse dérouillée à la maison, si sa mère, comme ragaillardie elle aussi par la transformation de son fils, ne s'était subitement interposée.

Décontenancé, le roi-tabac remit à plus tard l'exécution de la sentence, le devoir paternel et le pardon magnanime ; rentra en maugréant sa main justicière dans la poche de sa salopette et, distrait par la rage contenue et l'affront subi, manqua se casser la pipe dans l'escalier.

Une nuit agitée s'ensuivit dans la chambre des parents, les gémissements et les rires s'accordant aux grincements du grand lit, si bien que le solde fut effacé comme par miracle (la couronne avait dû rouler cette nuit-là si loin de la tête du roi épuisé que sa femme l'avait ramassée et s'en était définitivement coiffée), et qu'on n'en parla plus. Quand la discussion venait encore sur Simon, la mère avait vite le dernier mot, le roi déchu renfonçait sa casquette sur ses yeux et descendait à la boutique en grognant que ça commençait à bien faire et qu'on allait voir ce qu'on allait voir.

28

On ne vit rien dans les jours qui suivirent. Pourtant, quelques-uns passèrent, lents, caniculaires et mémorables, que j'aurais préféré cent fois sauter, perdre, ne pas connaître, et que mon père ne vit pas ou fit mine de ne pas voir, laissant Simon se débrouiller seul avec sa mère et se lavant les mains d'avance de ce qui pourrait arriver. J'ai beau me dire que je paie à présent le prix de cet abandon de Simon à lui-même, à sa naïveté, à son aveuglement, que je le paie après l'avoir fait payer à tant de femmes qui n'y étaient pour rien, au contraire aimantes, désirantes, données, et qui ne comprenaient pas l'espèce d'indifférence, où entrait plus de dégoût de moi que de lassitude de leur corps, avec laquelle je concluais chacune de mes liaisons ; j'ai beau me répéter que je le paie tous les jours, les jours de tempête en particulier, quand le visage de cet enfant de douze ans revient me hanter, réprobateur et questionnant, et que je réinvente pour la énième fois son histoire (et encore, je tourne autour du nœud sans oser le défaire, je tergiverse, j'hésite à aborder le cœur du sujet, là où les choses ont pris le tour qu'elles ne devaient pas prendre, inexorable pourtant, vu ce qu'était Simon, vu ce qu'était la Monette, ce qui explique que je n'en finisse pas de me raccrocher à des détails plus fragiles que des branches adventices, comme si j'espérais pouvoir encore sauver Simon du courant boueux qui l'entraîne, alors qu'il court à sa perte en riant parce qu'il a éjaculé pour la première fois entre les mains d'une femme et que ça lui a suffi pour se croire aimé, et j'ai beau crier, je crie, je ne peux rien faire pour l'arrêter, le ramener en arrière), rien, rien, rien ne me console.

Je voudrais tellement qu'il entende ce vieil imbécile reclus dans sa baraque de tôle rouillée que fouettent les branches des arbres de lisière malmenés par le vent. Oui, je sais, c'est ridicule, mais comment vivre encore si je m'enlève cette illusion que ma vie eût été changée si les choses avaient pris un tour différent ? Et s'il existe une autre façon de récupérer son enfance, de la replacer dans sa vie comme la pièce manquante du puzzle, que de se la raconter sans cesse, sans cesse, qu'on me le dise, car je n'en peux plus. Qu'on me le dise, et vite, car le bas de femme serré autour de mon cou, ce bas noir que Simon déroba à la Monette le jour où il comprit enfin,

trop tard hélas, ce qu'elle avait fait de lui, ce bas
dont je n'ai jamais pu me séparer, ce bas chaque
jour se resserre un peu plus sur mon cou, et je
tremble.

29

Je me rappelle comme il était heureux ce jour-là, Simon, d'être en avance et d'avoir tout une après-midi devant lui, une après-midi entière à lui offrir, à passer auprès d'elle, sans peur d'être grondé en rentrant.

On avait fêté la veille au soir son anniversaire : douze ans. Maman avait confectionné un gros gâteau au chocolat qui était malheureusement retombé, gémissait-elle, mais avec douze bougies bien droites et soufflées du premier coup ; le roi-tabac n'avait pas voulu être en reste, mais n'en avait rien laissé voir, jouant même les indifférents et préparant son cadeau en douce (et son retour en grâce probablement, avec reprise du pouvoir à la clef). Un cadeau de choc en vérité, ce vieil Opinel que j'avais tant convoité, dont mon père ne se servait plus, mais qu'il ne voulait pas même me prêter. Le roi-tabac l'avait frotté dans l'ombre de la remise, récuré, aiguisé pour qu'il flambât comme un neuf dans la main de Simon, assuré qu'il était de le surprendre et de se le rattacher. Et c'est ce qui était arrivé : l'enfant avait sauté au cou de son père et l'avait embrassé. Et maman s'était plainte un peu, à ce moment-là, de rester en souffrance et de ne pas être embrassée, complimentée, elle aussi, pour son soufflé, et Simon les avait pris tous les deux dans ses bras, et le roi-tabac, ému, lancé, avait donné congé à son fils pour l'après-midi du lendemain, avec permission d'étrenner l'opinel dans le bois voisin où il ne risquerait pas de blesser quelqu'un ; et sa mère avait renchéri en lui accordant une bonne part du gâteau pour le partager avec qui il voudrait. La paix conjugale n'était pas encore pour demain.

Mon pauvre Simon, si fier en montant vers le chalet avec son morceau de gâteau à la main, ses douze bougies dans la poche, fier et heureux à l'avance de la surprise de la Monette, du petit gloussement de plaisir qu'elle pousserait dès l'entrée, de ses yeux rieurs et de ce qui s'ensuivrait ; si fier aussi de montrer sa nouvelle coiffure, les cheveux tirés, plaqués vers l'arrière, et comme il sentait bon à présent. Il fallait voir avec quel soin il se lavait depuis la scène du bain, changeant de linge de corps tous les jours au grand dam de sa mère qui trouvait que, là, vraiment, il exagérait, vu que la machine à laver

142

n'était toujours pas sortie des poches de son père et que… Bref, il s'aspergeait le cou, les aisselles et l'entrejambe avec l'eau de Cologne de son père, il s'astiquait comme un cuivre de cuisine et brillait comme un doryphore au soleil. Il n'y avait que sa voix pour le désespérer, toujours hésitante, entre deux eaux, deux stations sur le poste intérieur, l'une qui frôlait les aigus de pipistrelle, l'autre qui klaxonnait dans un registre de basses cavernicoles. Conclusion : parler le moins possible, la contempler en silence et la laisser faire.

30

J'ai cru, je croyais, je voulais croire, comme un enfant qui marche dans son rêve, que c'était enfin arrivé, l'âge d'homme, et que c'en était fini de la honte et de la peur, qu'on n'y reviendrait plus. Pas plus que les larmes et le sperme ne se mélangeraient à nouveau. Une frontière avait été passée, un air frais avait gonflé mes poumons, j'avais eu envie de courir sans m'arrêter, de me rouler dans l'herbe, d'embrasser les arbres du chemin, de faire la paix avec Freddy. J'avais rangé mes soldats de plomb dans la boîte à chaussures, résolu à enterrer définitivement cette guerre de Corée qui ne me concernait pas, où si longtemps l'ombre de mon père m'avait poursuivi, où si longtemps j'avais tenté de le rejoindre en donnant d'autres fins à son histoire, tantôt en le tuant juste assez pour pouvoir ramener sous une pluie de balles traçantes son corps pantelant sur mon dos, tantôt en le sauvant in extremis, et je devenais un héros, fêté et décoré que mon père serrait dans ses bras comme il ne l'avait jamais fait, son visage ruisse-lant tandis qu'il répétait Mon fils, mon fils. Mais parfois, c'était moi qui mourais sur le champ de bataille, et je l'appelais avec tout ce qui me res-tait de force, et il ne m'entendait pas au milieu du fracas des armées, pas plus qu'il ne m'enten-dait dans le brouhaha du bistrot, où il y aurait bientôt, comme il le claironnait à tout va, un juke-box avec toutes sortes de sérénades et des accordéonneries froufroutantes, des cascatelles de notes échevelées, mais toujours pas de Sal-vador, dont Julos, en fait, ne savait rien, et j'enrageais que Freddy eût raison sur toute la ligne (Un frimeur, je te l'avais bien dit, rien qu'un vieux frimeur), ni mon père du reste (Qu'est-ce que c'est encore que ce zazou-là ?). Oublions ça. J'avais osé défier Freddy et lui flan-quer une raclée, je pouvais croire que le monde avait tourné, que j'étais du côté du soleil. J'avais oublié que ses rayons brûlent.

J'ai cru, je croyais, je voulais croire que le roi-tabac, entre deux ballons de piquette, allait s'apercevoir que j'avais grandi, puisqu'il n'avait pas oublié mon anniversaire, et qu'il fallait désor-mais compter avec moi pour les veillées de cartes en compagnie de Julos, Gus et les autres, car on n'envoyait plus un jeune homme de douze ans, même s'il a redoublé, s'il n'a pas encore fait sa communion solennelle, coucher avec les poules en même temps que Nico et dans le même lit. J'aurais tellement aimé lui faire entendre, sans avoir à lui parler ouvertement, que je savais tout et que les blagues qui les faisaient s'esclaffer, eux tous, je les comprenais moi aussi à présent, qu'il n'y avait plus de lait caillé derrière mes oreilles, qu'il pouvait bien me pincer le nez tant qu'il voulait, il n'en sortirait rien. Parce que la Monette m'avait pris contre elle, et que j'étais devenu un homme dans ses mains, et qu'elle m'avait trouvé à son goût. Mon père restait sourd et aveugle. Je tournais autour de lui comme une phalène dans l'espoir qu'il finirait par remarquer que j'avais vraiment l'air godiche avec mes culottes courtes, et qu'un pantalon long, je veux dire, de la longueur de mes jambes — pas question de ressembler au vieux Gus qui montrait presque ses mollets en marchant, ce qui faisait dire à Freddy qu'il avait l'eau dans les caves — serait le bienvenu. Autant cracher par terre. Je l'agaçais Si tu n'as rien d'autre à faire qu'à me tourner autour, je vais t'en trouver, moi, du travail. Ou bien Adresse-toi à ta mère, puisque c'est elle qui commande à c't' heure. Et juste au moment où je m'éclipsais Et puis fais-moi le plaisir de te coiffer correctement. Je lui aurais jeté son opinel à la figure.

J'ai cru, je croyais, je voulais croire qu'elle, ma mère, qui avait tout vu, tout compris, enfin, presque, et qui me regardait à présent avec des yeux mouillés de madone ravie, pleins d'exaltation et de reconnaissance, allait accéder sans réserve à ma demande, mais elle dit seulement, sans élever la voix ni détourner la tête du linge qu'elle repassait Quand tu auras fait ta communion. La chose, pour elle, allait de soi. Avant la communion solennelle, on est un enfant ; après, hop, on passe jeune homme. Elle n'aurait pas compris mon insistance. J'avais une après-midi devant moi, j'ai enfoui la question dans ma poche, pris ma part de gâteau, mes ailes d'Icare et la clef des champs. Il n'était pas encore dix heures, mais le soleil brûlait déjà, j'étais sûr que deux heures d'avance sur ma permission passeraient inaperçues.

J'ai cru, je croyais, je voulais croire que la Monette m'aimait, je veux dire, autrement que ma mère, et qu'il n'y a pas d'heure quand on aime et qu'elle serait ravie d'être surprise, et qu'elle m'ouvrirait tout de suite les bras comme dans ce livre que j'avais lu en cachette au grenier, allongé derrière une pile de journaux, où mon père qui me cherchait m'avait découvert. Une scène terrible, avec avalanche de claques sonnantes et trébuchantes, avait suivi, le roi-

tabac me traînant par l'oreille jusque sous la crécelle maternelle qui répétait, en secouant sous
mes yeux l'objet du délit avec en couverture un
couple s'embrassant, la femme abandonnée, la
gorge nue Mon Dieu, après ça, tu peux aller te
confesser en vitesse. Et deux fois plutôt qu'une.
On ne t'a pas élevé pour que tu lises des cochonneries pareilles. J'ai cru, je croyais, je voulais
croire que la Monette me prendrait dans ses
bras pour me confesser et m'absoudre à sa
manière virevoltante, avec des effusions dans le
cou, des écartements de cuisses et des crisse-
ments de bas qui me feraient monter plus vite
dans mon short. J'avais des ailes toutes neuves et
je ne demandais qu'une chose : que la Monette
m'apprenne à naviguer, en douceur, car mon
plan de vol se réduisait pour l'heure à un bru-
meux quoique troublant aperçu de ses dessous,
au champ de sa peau légèrement brouillé par
mes larmes et à une idée fort mouvante de ses
reliefs. Quant à la pratique proprement dite,
mes heures de vol se limitaient à une manipula-
tion effrénée de mon propre manche, comme
elle me l'avait montré dans l'eau bleue, comme
je l'avais ensuite répété, seul, de façon compul-
sive et dans des endroits autrement moins
confortables, réserve, cabinet, taillis. Bref, ignorant et persuadé comme un brave cabot des
bonnes intentions de la main qui le caresse avant
de lui passer le collier et la laisse, Simon crut,

croyait, voulait croire qu'elle allait l'aimer comme un homme. Avec des regards chavirés et des baisers d'enfer, longs et mouillés. De ses grosses lèvres rouges. Toute chaude et tendre. Comme dans le roman dévoré au grenier. Comme sur l'affiche du cinéma Lux. Et puis laisser rouler ma tête sur ses épaules et mourir lentement, longuement entre ses bras.

J'ignorais qu'on pouvait tomber de si haut quand on est si petit.

31

La Studebaker n'était pas devant le chalet.
Simon entra sans frapper, le cœur tambouri-
nant, les tempes en feu. Debout dans la cuisine,
la Monette lui tournait le dos, la lumière comme
un incendie dans ses cheveux ébouriffés. Elle
poussa un cri en se retournant, le couteau
pointé. Simon recula, mais elle, sans lui laisser le
temps de se ressaisir, sèche et coupante :

— On frappe avant d'entrer chez les gens
quand on a un minimum de politesse, mon
petit ! Mais où te crois-tu ? Ce n'est pas une
église ici, encore moins un bar-tabac.

Il y avait du mépris dans sa voix. Elle jeta le
couteau sur la table, où, pendant un instant,
j'enviai les légumes, les piments d'être encore si
vivants et colorés qu'on aurait pu les croire nés
là, sur la planche à découper. Appuyée contre le
bois, elle croisait les bras sur son tablier comme
une institutrice, les lèvres serrées et l'œil noir.
Attendant une explication, des excuses. Simon,

stupéfait, langue coupée, misérable et perdu avec son gâteau à bout de bras, comme un cahier de notes. En voyant les larmes rouler sur les joues de l'enfant, elle fit mine de s'approcher, tendit la main, mais Simon, comme piqué au vif, se rejeta en arrière, en hurlant :

— C'est pas vrai, je ne suis pas votre petit. Je m'appelle Simon et vous êtes méchante, méchante. Je vous déteste.

Et flanquant le gâteau par terre, il tourna les talons et sortit en claquant violemment la porte.

32

L'homme à genoux au milieu des nuages a fini de remplacer les voliges du clocher pourri et commence à clouer les premières ardoises. La manœuvre effectuée à ce moment-là est si délicate qu'elle retient toute son attention. Il n'a pas entendu le gamin s'approcher. Se croyant seul avec ses ardoises, le ciel, les nuages, il chantonne au milieu des coups de marteau.

Assis sur une tombe moussue, Simon, la main en visière, l'observe bouche bée. La beauté du spectacle, la chansonnette, le martèlement ont eu finalement raison de sa tristesse, la poigne qui comprimait sa poitrine s'est desserrée et l'incident du gâteau s'est perdu dans le ciel.

— Dis donc, fiston, tu ne sais pas lire ? Chantier interdit au public, c'est pour les chiens peut-être ? Allez, fiche-moi le camp d'ici, c'est dangereux.

L'homme a maintenant les pieds bien à plat sur l'échafaudage qui contourne le bulbe du clocher, un mètre en dessous du sommet, il achève de donner du mou aux sangles de son harnais, en pestant contre le mousqueton récalcitrant. Simon s'est reculé pour être à l'ombre, baisser la main et que l'homme le reconnaisse.

— Je voulais juste vous dire merci, m'sieur. Pour avant-hier quand monsieur le curé voulait me battre et que vous m'avez défendu.

— Ah, c'était toi, bonhomme. Eh bien, toutes mes félicitations. Il la méritait depuis un moment sa raclée, ce grand dadais, et si j'avais pu l'attraper, c'est moi qui la lui aurais filée. Toujours à rôder sur le chantier, avec un petit morveux renifleur et mal fichu. M'est avis que ces deux-là ne sont pas pour rien dans la disparition de mon marteau arrache-clous. Si je les pince, ils passeront un mauvais quart d'heure, tu peux me croire.

Le couvreur a un bon regard clair, une voix rocailleuse et traînante. Tout à coup, il se redresse, oubliant Simon, tourne sa main en porte-voix et braille Ah, voilà la bouffetance ! C'est pas trop tôt. J'ai la dalle. Et ne me dis pas que tu as fait pousser le cassoulet, j'te croirais.

Celui qu'il apostrophe ainsi est un jeune homme en salopette, probablement son apprenti. Il esquisse un petit pas de course, vite essoufflé. Transpirant à grosses gouttes, il a sorti un

chiffon rouge de sa poche et s'éponge longuement. C'est un blondinet plutôt enveloppé, avec
un nez à la retroussette couvert de taches de
rousseur. Sans répondre, jetant à peine un coup
d'œil à Simon, il marche en pingouin vers le feu
de poutres et de planches qui charbonnent près
du dépotoir du cimetière. Tisonne les cendres,
prend une casserole et ouvre deux boîtes de
conserve avec un tournevis.

La voix qui tombe d'en haut, comme le Saint-
Esprit, vient rappeler Simon à la réalité.

— Fiston, c'est l'heure de la soupe. Désolé de
ne pas t'inviter à ma table, ça me ferait bien
plaisir, mais j'suis sûr que tes parents t'atten-
dent. Alors, grouille-toi ou tu vas manger par
cœur. Ciao.

Simon ne se le fait pas dire deux fois. Pourvu
que son père ne se soit pas aperçu de son
absence. Dans son dos, il entend la voix du couvreur qui dispute encore l'apprenti Alors, c'est-
y pour aujourd'hui ou pour demain ? Allez,
aboule le menu, avant qu'on ait la sauce. Pas
envie de la prendre sur le râble.

Le ciel s'assombrissait, de gros nuages noirs
éparpillaient les flaques de bleu. Simon se mit à
courir.

En chemin, il croisa Pauline et sa mère qui
revenaient du lavoir, une bâtisse carrée, encore à
moitié couverte de vieilles tuiles romaines, aux

murs de brique ajourés, flanquée de deux abreuvoirs de grès sombre et usé où les vaches venaient boire un dernier coup avant de rentrer à l'étable, les chiens crottés prendre un bain, Freddy et son acolyte pisser de concert, les scouts de passage tremper leur chapeau, se désaltérer à même le goulot moussu de la fontaine et s'arroser les uns les autres en glapissant, tandis que les vieux assis devant leur porte hochaient la tête en maudissant une jeunesse qui gaspillait son temps à des jeux idiots, laissait les clôtures ouvertes après avoir si bien excité les bêtes qu'elles s'égaillaient dans les jardins, cassant tout sur leur passage, creusant la terre de cent sabots, arrachant les plants de pommes de terre et de haricots des potagers, et parsemant les parterres de leurs bouses glissantes qui attiraient ces grosses mouches vertes et noires qu'on finissait par retrouver sur tous les plats. Leur faudrait une bonne guerre, pas vrai, la Marie ? Oh, l'Ernest, ne parlez pas de malheurs, ça vient bien sans qu'on les appelle, puis la conversation dérivait sur l'arthrose de l'un, la descente de matrice de l'autre, et le mildiou, et les saisons qui n'étaient plus ce qu'elles étaient, puis tout rentrait dans l'ordre peu à peu, l'eau des abreuvoirs sous la glace sans tain que le soir patinait lentement, les vieux avec leur chaise dans le trou d'ombre et près du feu.

On était donc jeudi, un vrai jeudi, parce que pendant les vacances, il n'y a que les dimanches qui se distinguent des autres jours, à cause de la grand'messe et des vêpres et du salut du soir auxquels on ne peut pas couper Songe que tu vas faire ta communion solennelle, disait maman,

alors que papa, en bras de chemise et tablier bleu, préparait déjà l'après-messe, comme il disait, en sifflant un verre de gnôle dès le matin pour se mettre en forme et un autre de rouge, après avoir torchonné les tables, et un autre encore pour se remettre de l'amorçage de la pompe à bière, si bien que lorsque maman revenait du cimetière où il avait fallu

aller dire une prière sur la tombe de grand-père,

changer l'eau des vases,

emprunter des fleurs, par-ci par-là, dans les bouquets fraîchement déposés sur les tombes voisines (De toute façon, ils font pareil, se justifiait-elle)

reratisser le parterre de gravier,

contempler la belle ouvrage, moi pensant à Freddy qui referait le travail à l'envers dès que la sieste se serait abattue sur le village, elle se rengorgeant fort de la comparaison de sa tombe avec les autres, La plus belle ! grand-père doit être bien content là-haut, signe-toi vite, on rentre,

le roi-tabac était déjà en superforme, qui plastronnait entre les tables parce que la grande

Gisèle était de retour sur ses talons de douze centimètres et dans une minijupe de cuir qui montait en épingle ses jambes de panthère gainées de lianes noires, et les yeux de mon père étaient les ocelles d'un Tarzan poivre et sel qui aurait bien foutu dehors tout son petit monde d'endimanchés bedonnants afin de pouvoir pousser son cri d'enfer et, de liane en liane, remonter jusqu'à la source rose.

Hélas, trois fois hélas, un Voilà la patronne ! claironné par l'assistance remettait d'un coup les pendules à l'heure et envoyait mon père dans les cordes, derrière son comptoir, qui lançait du fond de son dépit un retentissant On n'attendait plus que vous, qui tombait à plat, si bien qu'il se croyait obligé d'en rajouter, pour ne pas perdre la face tout à fait devant Gisèle,

Le curé vous a fait récurer ses orgues au moins ?

ou

C'est pas de l'eau de bénitier qu'on sert dans nos burettes !

à quoi ma mère répondait toujours par un haussement d'épaule, et je m'empressais de lui emboîter le pas dans l'escalier, mais lui Eh là, pas si vite, mon garçon, y a du boulot par ici. Commence donc par la plonge.

Heureusement, un vrai jeudi. Pauline portait le bac à laver sur sa hanche grasse et un seau rempli de brosses à la main. Elle détourna ostensiblement le visage et fixa la haie vive comme si les petites baies violettes des églantiers, qu'elle recrachait avec tant de dégoût quand on jouait à se bander les yeux et à reconnaître les choses avec la langue, s'étaient subitement métamorphosées en mûres joufflues et lui faisaient des signes avec insistance. La mère, rencognée dans ses nippes grisâtres de vieille commère, un fichu noué sur son front de carême, fit la sourde oreille et le salut de Simon se perdit dans l'air, tandis qu'elle rajustait sur son ventre de baleine le panier gonflé de linges, qui glissait. Quand il les eut dépassées, Simon se retourna et fut frappé par une ressemblance qui lui avait échappé jusque-là, à cause de l'ombre du hangar où ils avaient l'habitude de se retrouver et aussi, sans doute, mais il n'y pensa pas sur le moment, à cause de la Monette, de son corps entrevu, épié, reniflé : elles avaient les jambes cagneuses et marchaient en canard. Et dire qu'il lui avait prêté son histoire derrière les barils de benzine, dire qu'il avait fourré le doigt dans sa fente et qu'il avait trouvé ça excitant !

Pauline tourna la tête au beau milieu de ces vastes pensées et lui tira la langue. Quelle gourde !

Où étais-tu passé ? Ton père t'a cherché partout ce matin, il était dans une colère noire, j'ai
bien cru qu'il allait avoir une attaque. L'après-
midi, c'est l'après-midi, pas le matin. Tu n'en
fais vraiment qu'à ta tête, on ne peut pas te faire
confiance. Est-ce que tu te rends compte ? il est
plus d'une heure, le repas est terminé, ton père
est parti en retard à l'enterrement d'un ancien
de Corée. C'est bien toujours la même chose
avec ces sales gosses, tu leur donnes un doigt, ils
te prennent le bras. Ah, il va voir de quel bois je
me chauffe, qu'il disait, il peut déjà la préparer,
sa valise, il n'y coupera pas au collège et il n'est
pas près d'en sortir, c'est moi qui te le dis. Hors
de lui, qu'il était, méconnaissable. J'ai fait ce
que j'ai pu pour le calmer, ça n'a pas été une
mince affaire, il ne retrouvait pas sa cravate
noire, l'ourlet de sa veste était décousu, le bas
du pantalon froissé. Pour un peu, il m'aurait
giflée. Tu te rends compte de l'état dans lequel

tu l'as mis ? Est-ce que tu te rends compte ?
Jamais, tu m'entends, jamais, en quinze, qu'est-
ce que je dis ? en seize ans de mariage, mon
Dieu, comme le temps passe ! il n'a levé la main
sur moi. Même quand il était complètement
démonté. Le buffet, ça, oui, le buffet de ma
pauvre mère, il me l'a drôlement arrangé avec
ses poings. Du merisier pourtant, et chevillé en
bois. La vaisselle aussi, surtout au début, ça val-
sait, les plats en porcelaine, du pur sèvres, et le
vase de Chine de tante Adèle qui ne cessait de
fulminer quand nous étions petites, ta tante et
moi, et que nous nous poursuivions en tournant
autour de la console, et qui répétait de sa voix
suraiguë Mon Tang, mon Tang, si bien que nous
avions fini par la surnommer ma tante Tang.
Enfin, tu as intérêt à trouver une bonne explication à lui donner quand il rentrera ou je ne
donne pas cher de tes fesses. Mais d'abord, où
étais-tu ? À l'église, voyez-vous ça ? Et tu crois
que ton père va gober une menterie pareille,
déjà qu'il ne porte pas le curé dans son cœur ?
Tu ne pourrais pas trouver quelque chose de
plus... de plus, enfin, ne fais pas l'âne, tu sais
bien ce que je veux dire ? La vérité ? quoi la
vérité ? n'emploie pas de mot plus grand que
toi, je t'en prie. La vérité, c'est que tu as encore
été traîner avec la Pauline, une sacrée petite
garce celle-là, si je l'attrape, je lui frotterai si fort
les oreilles qu'elle n'en dormira pas de plusieurs

nuits. Ne jure pas, c'est inutile. Des charpentiers, maintenant, et puis quoi encore, et pourquoi pas le pape tant que tu y es ? Ça suffit. Tu t'expliqueras ce soir. Prie pour que ton père revienne quand tu seras au lit, ou qu'il soit tellement raide qu'il s'écroule sur la carpette de la chambre, sans demander son reste. En attendant, il y a une course urgente à faire pour Mme Wurtz, elle a appelé deux fois déjà, elle est malade et ne peut pas sortir. Cours-y avant qu'il pleuve. Qui c'est ? Mais tu la connais, c'est la dame bien mise avec qui j'ai tant ri le jour où tu as renversé la moitié de l'étagère à conserves. Comment non ? Qu'est-ce que c'est encore que cette histoire ? Tu aurais le culot de refuser après ce que tu viens de nous faire ? Méchante, elle ? mais tu plaisantes, c'est une personne tout ce qu'il y a de bien, et crois-moi, j'ai l'œil pour ça. Non, je ne veux pas en entendre davantage. Tu vas me faire le plaisir de t'exécuter dare-dare. Il faut que je m'occupe de la boutique et de ton frère qui fait une nouvelle poussée de fièvre. Allez, file et reviens directement. Tu trouveras les provisions près du comptoir, dans un carton jaune, tiens voilà son compte. Si elle règle tout de suite, tu mettras l'argent dans ce porte-monnaie. Allez, un peu de courage, que diable, ce n'est pas la première fois que tu y vas, elle ne va pas te manger.

34

J'aurais voulu me coucher par terre, dans
l'herbe du sentier, et ne plus bouger, attendre
que les nuages crèvent et que la pluie s'abatte
sur moi, lourde, rageuse, et qu'elle m'entraîne
loin d'ici avec les fougères et une ou deux collines, sans oublier mon lapin et ma boîte de
soldats ; que la foudre tombe pile sur le gros
chêne séculaire, juste au moment où la quatre-
chevaux déglinguée de mon père arriverait à sa
hauteur et, s'il devait jamais sortir vivant du tas
de ferraille, qu'il ne se souvienne plus de rien et
file aussi doux qu'un caniche ; et que l'autre, là-
haut, une vague de pluie furieuse la surprenne
au jardin en train de dépendre le linge, comme
au premier jour, et la plaque contre le mur,
l'épingle comme une affiche de cinéma, dégoulinante de tendresse, et que toute sa méchan-
ceté, ses sourires fielleux se changent en un lac
de douceurs et d'abandon ; qu'une fois le
déluge passé le Haut-Mal ait disparu ou alors,

s'il demeure, que ce soit une jeune fille aux jambes nues qui m'y attende, les bras ouverts, les lèvres offertes, et que je puisse tout partager avec elle et n'avoir plus de secret.

Aux premières gouttes qui frappent son front, Simon se relève d'un bond, se frotte les paupières, ramasse les courses éparses dans l'herbe et se hâte vers le chalet. Il n'aurait jamais dû s'asseoir au creux du talus et s'abandonner à la rancœur, la fatigue l'a submergé. Il n'a pas la moindre idée de l'heure qu'il peut être. La faim le tenaille, la rage, la peur aussi. Que la Monette ait déjà rappelé à la maison, qu'elle soit tombée sur le roi-tabac. La fête que ça serait alors à son retour. Mon Dieu, qui fabriquez des anges à volonté, donnez-moi des ailes et je ne pécherai plus contre le ciel, mais grouillez-vous, s'il vous plaît, ou je mourrai définitivement sous les coups de ceinture du père dans la remise noire.

C'est parce que la porte était fermée à clef que Simon aperçut la Studebaker. Sans quoi, avec la pluie qui tapait fort, il se serait engouffré dans le couloir, aurait secoué ses cheveux, et n'aurait rien vu.

La voiture n'était pas garée à sa place habituelle, mais rangée sur le bas-côté du chemin, à mi-pente et suffisamment loin du chalet pour donner l'illusion que son propriétaire faisait un petit tour dans la prairie en contrebas, histoire de se dégourdir les jambes. Pour les champignons, il pouvait bien se fouiller, ce n'était ni le moment ni le lieu. Plus tard, peut-être, oui, avec le soleil revenu.

C'est ce déplacement insolite qui intrigua le plus Simon, lui mit finalement la puce à l'oreille. Comme si on avait voulu à tout prix le décourager en lui faisant croire qu'il n'y avait personne. Mais alors pourquoi la Monette avait-elle raconté à sa mère qu'elle était malade ? Il en aurait le cœur net.

D'une poussée des reins, il grimpa sur le muret du jardin, certain que la porte latérale était restée ouverte, c'est toujours celle qu'on oublie. Elle bâillait en effet, il la poussa avec précaution, entra dans la cuisine sur la pointe des pieds, déposa les commissions sur la table, traversa à tâtons le salon qui dormait à volets clos entre ses meubles noirs, ses ancêtres blafards. Ouvrant avec des doigts de fée la porte de la cage d'escalier, il tendit l'oreille. Silence de matin de neige. Comme si la pluie s'était arrêtée net. Simon retint sa respiration. Du pied de l'escalier, on ne pouvait pas voir grand-chose, à part le haut des portes claires, salle de bains et chambre à coucher. Fermées. Rien ne bougeait, le filtre semblait parfait, on aurait pu entendre pousser l'herbe dans le jardin en bas. Pourtant, Simon savait qu'ils étaient là, qu'ils écoutaient eux aussi et son cœur, à l'idée qu'ils pouvaient surgir d'un moment à l'autre, le surprendre en train d'épier, son cœur se mit à cogner dans sa poitrine. Il aurait voulu faire un geste, s'en aller : il resta cloué sur place. Un piquet de clôture. Qui attend le premier coup de massue. Ou le corbeau, repliant ses ailes, mais ce fut à peine comme un moineau qui se pose, il y eut un murmure, puis un souffle qui s'enhardit, se change en gloussements de plus en plus vifs, comme dans la chambre des parents. Ouf, il pouvait respirer. Enfin.

Une voix d'homme se mit soudain à ronronner dans les graves : le docteur. Simon n'eut pas le temps de démêler les sentiments qui l'agitaient, pincement de jalousie ou satisfaction d'avoir vu juste, un ronflement de moteur en bas, une portière qui claque le jetèrent dans l'escalier en criant comme un perdu Monette ! Monette ! La porte de la chambre s'ouvrit aussitôt, encadrant dans la lumière une furie en peignoir de satin rouge, les yeux affolés, la bouche ouverte en rond sur un Oh imprononçable, qui masquait autant qu'elle pouvait la vue du lit, les draps froissés, et le docteur, assis, dos tourné, rattachant ses bretelles.

En bas, on dirait que cent diables harcèlent la porte, la sonnerie hoquette, les cris se mêlent aux jurons de l'intrus dont Simon, en dégringolant l'escalier devant la Monette, croit reconnaître la voix. Sans parvenir à mettre un nom dessus. La Monette pousse l'enfant dans le dos vers le boudoir Toi, à tes découpages, vite, et pas un mot, compris, pas un mot, on s'expliquera tout à l'heure. Un demi-tour de satin et elle s'envole.

Voix tonnante de l'inconnu qui grossit, pleine de reproches, entrecoupée par les lamentations de la Monette Mon Dieu, mon Dieu, mais comment est-ce arrivé ? Rien à faire, Simon n'arrive pas à se rappeler, pourtant le fond de cette voix lui est connue. Trombe d'eau dans l'évier de la cuisine. La Monette dit : Tiens-le bien sous le jet, je vais chercher un désinfectant et une bande. C'est étrange, pense Simon, elle le tutoie, lui parle comme à un enfant, comme maman avec mon père quand il s'est fait mal, ou qu'elle veut le calmer. Si c'est son mari, le docteur là-haut, assis sur le lit, remettant ses bretelles, ne doit pas en mener large. Tant mieux. Dommage que l'homme, dans sa précipitation, ait vu rouge, il aurait remarqué la voiture. Il l'aurait remarquée, comme moi, blanche parmi les herbes. Avec tous ses chromes. Et alors là...

35

— Mais qu'est-ce que tu fais ici, toi ?

Le couvreur ! Il se tient dans l'entrebâillement de la porte du petit salon, un bras dans un torchon, la main rouge qui pend. Sidéré, Simon parvient juste à bredouiller quelques mots parmi lesquels se détachent « maman », « commissions ». Heureusement, la Monette arrive à point et le tire d'embarras.

— Laisse cet enfant tranquille, c'est le fils de Mme Sylvestre. Heureusement que je l'ai près de moi quand je suis malade. Tu vois, il m'apporte mes commissions, il...

— T'emballe pas, minou, je le connais aussi, c'est un brave gosse, mais je ne comprends pas ce qu'il fait là dans le petit salon ?

— Il n'y a rien à comprendre. Il aime les vieilles revues, je les lui garde, il les découpe. C'est tout.

— À son âge, je travaillais déjà, moi !

— Tu retardes, mon chéri. Cesse de dire des bêtises et montre-moi plutôt ton bras.

Le reste se perd dans des ouilles et des aïes, bientôt suivis de gazouillis divers et de bruits de bécots. Maintenant, c'est tout à fait clair. Et le médecin là-haut, vert de trouille, qui doit chercher sous la descente de lit comment sortir de ce pétrin, maudissant un sort aussi funeste et supputant les chances qui lui restent de se tirer de ce mauvais pas s'il prend jamais à l'importun l'idée de monter voir là-haut si tout va bien. À moins que la Monette, en fouillant dans la pharmacie, ait saisi l'occasion de le rassurer : Ne te fais pas de bile, je le connais sur le bout des doigts. Laisse-moi faire. — Et le gosse, qui c'est ? — Tout à l'heure, tais-toi.

À la cuisine, la voix susurrante de la Monette et un bruit de chaises sur le sol donnent à penser que le couvreur voudrait bien prolonger la séance et qu'elle se débat un peu. Non, chéri, pas maintenant, non. Ce soir, promis. Allez, va, oui, c'est ça, promis juré. Les voix s'éloignent. Simon imagine la scène, elle qui pousse l'homme vers la sortie, lui qui traîne les pieds, se retournant encore, voulant rentrer Ne fais pas l'enfant, va vite, profite de l'éclaircie pour remiser ton matériel et fais bien attention cette fois.

Dingdongdingdong, nouvelle sonnerie à la porte d'entrée. Voix du couvreur qui s'exclame Ah, bonjour, docteur (Le médecin ! Comment a-t-il fait, celui-là ? Une porte secrète ? ou comme les fugitifs dans les romans de Dumas, la fenêtre, les draps déchirés et noués bout à bout en une longue corde ?) cette fois, vous arrivez trop tard, mon infirmière à domicile vous a battu de vitesse, et ça l'a comme qui dirait remise d'aplomb. Rires. Simon se souvient tout à coup de l'expression employée par le vieux Gus : cocu perché. C'était donc ça. Accroché à son clocher et tombé ici comme un cheveu sur la soupe. Et le voilà qui plaisante avec le docteur. Cocu magnifique qui ne se doute de rien. De rien ! On dirait de vieux amis qui se quittent, bavardant sur le seuil. Simon écarte le rideau de la fenêtre, avance un peu la tête, se recule vivement : le docteur, cette asperge à lunettes d'écaille avec un collier de barbe poivre et sel et de gros sourcils noirs et fournis ? Alors là, un parfait croque-mort. Simon n'en revient pas, ça cadre si mal avec l'image qu'il s'est faite du médecin, mais ce qui le choque encore plus, c'est que ce type, qui ressemble trait pour trait au pion de ses cauchemars, la Monette ait pu... Non, ce n'est pas possible, je dois avoir rêvé, ce serait trop répugnant.

Au moment de se séparer, le couvreur serre fortement la main que l'asperge lui tend, puis monte dans sa fourgonnette. Il crie encore quelque chose par la portière en démarrant, quelque chose qui se perd dans la pétarade, mais qui fait étinceler comme une pépite une des canines du pion, la main posée sur la portière de la Studebaker, prêt à partir. Difficile de décrire la grimace de l'enfant quand il se détourne de la fenêtre et se rassoit. Dépit, tristesse. Dégoût peut-être. De soi, de l'autre. En tout cas, tout à fait désemparé, en proie à un sentiment vague, l'impression d'avoir été, d'être le cochonnet au milieu d'une pétanque démoniaque. Mon pauvre Simon, quel naïf tu faisais. Elle était mariée, elle trompait son mari avec le docteur et se servait de toi pour faire le guet, en te faisant croire qu'elle t'aimait. Et tu as marché, tu as marché. Comme un nigaud. Mené par le bout de sa bistouquette, si vite dressée. Trop tôt dressée. Et par la main de Pauline, et sa tirelire à cent sous. Et par l'envie de toucher toi aussi, comme les autres, la culotte rose de Gisèle. À cause de ses bas de fil sous la table, plus vivants que la guerre de Corée. Et puis le goût des grosses lèvres rouges sur l'affiche, et les perles d'eau sur les seins si gonflés si blancs si tendres de la Monette, et sa voix de remorqueur dans les brouillards, bonne à traîner les petits bateaux perdus comme toi. Si seulement tu avais été moins précoce et moins curieux de ces choses-là et si tes vieux avaient été moins bornés. Si si si, inutile de continuer. Passons.

Retour feutré de la Monette. L'explication avec l'asperge a été expédiée sur les chapeaux de roue.

— Dis donc, toi, par où es-tu entré tout à l'heure ?

La voix est légèrement grondeuse, mais douce comme la farine, le sourcil trop froncé pour être naturel, une main sur la hanche, l'autre sur la poignée de la porte dans une pose un peu théâtrale. Son peignoir est lâche, prêt à s'ouvrir. Simon, le cœur coupé en deux, mal à l'aise, s'efforce de rassembler ses yeux. Il a la sensation de flotter dans des vêtements trop larges, et dans une pièce si chargée en électricité qu'un seul faux pas risque de tout faire sauter. Il répond en fermant son cahier, maîtrisant mal l'émotion qui lui serre la gorge :

— Par la porte, Monette.

— Tu te fiches de moi ? La porte était fermée à clef.

— Je veux dire : par la porte du jardin, et il s'empresse d'ajouter C'est maman qui m'a envoyé... Pour vos commissions. Je les ai déposées à la cuisine et...

— Je sais, coupe-t-elle, merci. J'avais complètement oublié et quand le docteur est arrivé... Tu comprends ?

Non, il ne comprend pas, ou plutôt si, et même très bien, mais il ne trouve rien à répondre. Alors, elle s'approche de lui, mais à pas si mesurés qu'il sent comme elle est gênée, comme elle a peur de le brusquer et qu'il s'en aille avant qu'elle ait pu s'expliquer. Le silence sent l'orage. Simon dit précipitamment : Il faut que je rentre, sinon je vais encore me faire attraper.

— Attends !

C'est comme un cri, une supplique, avec quelque chose de sourd et de douloureux tout au fond. Attends, j'appelle ta mère d'abord, pour la rassurer, lui dire que j'ai besoin de toi. Ne pars pas tout de suite, je voudrais que nous causions un peu, tu veux bien, dis ? Simon hoche la tête, sans la regarder. Soudain, elle se ravise et, dans un mouvement de robe, Viens avec moi... au salon. Si ta mère voulait jamais te parler. Au contact de sa main, Simon s'est raidi, mais il se lève et se laisse conduire en traînant un peu les pieds. Elle l'assoit contre elle, sur le canapé, compose le numéro, patiente, tout en secouant la main de l'enfant, Ne boude pas.

— Allô, madame Wurtz à l'appareil. Oui, oui, il est là, tout à côté, il m'aide à ranger mes livres. Naturellement... oui, une heure, ce sera tout à fait bien. Merci. Oh, ça va beaucoup mieux. Le médecin sort d'ici à l'instant. Non, rien de grave. Un peu de surmenage. Oui, les jambes...

C'est à ce moment-là seulement que Simon s'aperçut qu'elle portait des bas, de couleur chair. Parce qu'elle a enlevé une de ses mules en parlant, et que ses doigts de pied gigotent dans la pointe plus foncée du fourreau. À la couture, il voit qu'un de ses bas a tourné. En papotant, elle a posé la main du gamin sur sa cuisse et Simon n'écoute déjà plus que la chaleur de sa peau, il sait déjà qu'il va céder, que c'en est fini de ses résolutions, qu'elle l'a repris, que tout va recommencer comme si rien n'avait eu lieu, que le docteur n'avait pas baissé ses bretelles, que le couvreur n'était pas descendu de son clocher pour serrer la main d'un traître à face de croque-mort. Fini l'admiration et fini le dégoût, la mémoire s'efface devant le désir. Simon est prêt à tout, pourvu que la Monette le garde contre elle, en le serrant fort et en le laissant voir, voir et toucher son ventre et ses seins, les bouts cramoisis de ses seins et plus bas que son ventre, la touffe dorée et sa fente, et lacer délacer la bride des escarpins rouges sur la fine cheville, et que le salon s'enfonce dans la terre, et que demain ne voie jamais le jour.

La Monette raccrocha et, enfonçant la main de Simon entre ses cuisses, elle l'attira sur elle.

36

Le soleil commençait à tourner de l'œil quand
Simon quitta le chalet, et il hâta le pas. Sa tête
bourdonnait, son cœur lui faisait mal, ses mains
tremblaient, il aurait voulu se laisser tomber sur
l'herbe au bord du chemin, car il lui semblait
que la terre tout à coup s'était mise à dériver
comme une plaque tectonique, qu'elle allait se
fissurer et l'engloutir avec ce qu'il avait fait. Il
pensa à sa mère et porta les mains à son visage :
brûlant, il était brûlant. À tous les coups, rouge
comme l'enfer. Maman ne s'y tromperait pas,
elle avait l'œil pour ça. Toi, mon grand, tu me
caches quelque chose de pas catholique, ne me
mens surtout pas, tu as encore fait des tiennes
là-bas, et fâché Mme Wurtz, c'est ça hein ? Il ne
pourrait pas supporter ses questions, son regard
soupçonneux, son inquiétude Une cliente
pareille, et si honnête ! Non, non, il ne pourrait
pas la regarder en face. Sa naïveté, sa bigoterie,
elle qui disait *entrailles* pour sexe, traitait Pauline

de marie-couche-toi-là, Gisèle de traînée parce qu'elle montrait ses jambes ; elle qui lui promettait les tourments de l'enfer pour une poitrine dénudée sur une couverture de roman d'amour nunuche. Si elle savait ! Il fallait à tout prix qu'il retrouvât son calme avant de franchir la porte du magasin, et qu'il fût blanc comme neige. Mais comment, après ce qui venait de se passer ? Ça ne serait jamais plus pareil. Il avait vu, touché, entendu, fait ce qu'un gamin de son âge est censé ne pas voir, toucher, entendre, ce que pas même Freddy n'avait dû faire, malgré ses vantardises. Et le pire, c'est que lui, Simon, cet innocent de Simsi, y avait pris un plaisir si violent qu'il en avait été submergé, et lorsque le dégoût était venu et qu'il n'avait plus voulu jouer, elle avait continué, pendant qu'il criait qu'il avait mal au ventre et qu'il allait vomir. Et elle, comme folle, la bouche déformée, presque écumante, n'avait rien voulu savoir, et lorsque c'était venu, d'en haut, d'en bas, en même temps, dans des hoquets, qu'il l'avait éclaboussée, le canapé, le tapis, elle avait hurlé, l'avait attrapé par le cou et, comme un chien, comme un chien !, elle lui avait mis le nez dedans et l'avait obligé à tout nettoyer. Sa voix était comme un fouet. Il avait mal partout, mais il restait agenouillé, contemplant, entre la honte et l'écœurement, ce qu'il avait fait, ce qu'elle l'avait forcé à faire et c'est encore lui qui avait demandé pardon. Elle lui avait lancé une serpillière au visage Et que tout soit propre quand je redescends, tu m'entends ? S'il avait pu se redresser seulement, ruer dans les brancards et puis sortir en courant, en criant, briser une fois pour toutes la chaîne qui le retenait ici, qui l'y ramenait quand il s'était enfui, le cœur gros de rancune et de tristesse, mais non, c'était maintenant au-dessus de ses forces, il pouvait affronter Freddy, feindre avec sa mère, louvoyer avec son père, mais il ne pouvait affronter la Monette, feindre avec son désir d'elle, sa petite saloperie intérieure, ni éviter les regards lourds qu'elle lui jetait, sa bouche humide, sa puissance charnelle de baleine. Pas plus que ses caresses, il ne pouvait refuser ses coups de croc. Il était pris à son tour dans la toile d'araignée et, comme la mouche, après s'être vaillamment débattue, il attendait, résigné, ce qui devait arriver, tremblant et curieux à la fois, dans l'ignorance de ce que c'était, de connaître cette chute tout à coup dans sa propre chair et cette succion infinie du cœur jusqu'à la moelle. Et voilà comment, et voilà pourquoi, perdu dans ses larmes, effaçant une à une les traces de son forfait, sur le canapé, le tapis, il n'avait pas regimbé.

Elle l'avait trouvé ainsi, courbé sur la moquette. Peut-être vaincue par un reste de pitié, elle lui avait posé la main sur les cheveux, puis d'une voix où perçait une pointe de tendresse Là, c'est bon, viens m'embrasser.

Simon, toujours à genoux, s'était tourné, avait enlacé ses jambes et fondu en larmes. Mais, elle, se dégageant, l'avait repoussé de la main Ça suffit maintenant, rentre chez toi. J'ai à faire. Sa voix s'était durcie de nouveau. Simon s'était relevé sans protester et, sans lui jeter un regard, il avait pris la porte.

37

Il plut pendant huit jours d'affilée. Une pluie lourde, chassante, qui frappait les carreaux, hachait le paysage ou le faisait disparaître derrière un rideau grisâtre. Simon s'endormait et se réveillait avec elle et se sentait apaisé. Le matin, il jouait avec son frère, allongés côte à côte sur le tapis, et riait aux éclats des questions naïves de Nico et des déformations que son zozotement faisait subir aux mots qu'il s'amusait à lui faire répéter. Et plus Nico riait, plus Simon l'aimait. Plus il se sentait son grand frère, plus il était heureux d'être là, débarrassé du souci de plaire et de mentir, et plus, comme un papier gras chassé par la pluie, s'éloignait la pensée de la Monette et du Haut-Mal. Il aurait aimé à ce moment-là que le temps s'arrête et que ce qui avait été, le pire comme le meilleur, la pluie l'efface à jamais.

Le catéchisme avait repris, en prévision d'une communion solennelle exceptionnellement retardée cette année-là, d'abord par l'accident de voiture qui avait failli coûter la vie au curé, puis à cause de la restauration de l'église. Les aînés qui préparaient la confirmation mettraient ces cours à profit pour réviser leurs matières. Monsieur le curé avait naturellement tiré parti de ce signe inespéré du ciel pour remettre l'histoire de Noé sur le tapis et condamner ce monde corrompu qui entraînait dans sa chute tant de baptisés et de confirmés, Vous entendez : de confirmés ! Emporté par son élan vaticinatoire, il prophétisa un déluge, mais de feu, celui-là, sur ceux qui ne renonceraient pas à Satan et à ses œuvres comme nous allions le promettre et, pour certains, le repromettre dans peu de temps à l'évêque en personne.

À un moment donné, le regard enflammé du curé s'était posé sur Simon qui, se croyant sondé jusqu'aux reins et démasqué aux yeux de tous, rougit violemment et baissa la tête. S'il n'accordait pas au prêtre les pouvoirs d'un devin, il devait se résoudre à une trahison, mais qui aurait pu savoir, et qui parler ? La Monette ne fréquentait pas l'église, lui-même ne s'était confié à personne, nul ne l'avait aperçu sur le chemin du Haut-Mal. Alors ? Se secouant intérieurement, il chassa ces pensées qui disparurent aussi vite qu'elles étaient venues, mais l'image de la Monette, elle, revint en force et le surprit tellement qu'il finit par lui céder tout le terrain. Étrangement, elle lui apparut sous le jour le plus favorable et parée des plus belles vertus. Pour un peu, il se serait frappé la poitrine et aurait demandé pardon des ennuis qu'il avait pu lui causer. C'était comme s'il comprenait soudain ses sautes d'humeur et excusait en bloc les humiliations qu'elle lui avait fait subir, comme s'il était tout près de s'en rendre responsable. Il accusait son imagination débordante et désordonnée de l'avoir trahi et de lui avoir fait voir le mal où il n'était pas. Au fond, toute cette histoire du docteur et du cocu perché n'était peut-être qu'une invention de jaloux, fondée sur des ragots, des rumeurs, les rires sournois du vieux Gus, les sous-entendus de son père. Quelle preuve avait-il ? Qu'est-ce qu'il avait vu ? Peu de chose finalement. Certes, le médecin à tête de pion lui était antipathique, mais ça ne suffisait pas à…

— Sylvestre ! voulez-vous bien répéter à vos camarades ce que je viens de dire ?

— Euh…

— C'est tout à fait ça. Vous avez très bien écouté. Pour vous remercier, vous me copierez pour demain cent fois la phrase suivante, prenez note : Je me dispose à recevoir le Corps du Christ, avec deux C majuscules, s'il vous plaît, et je m'applique de tout mon cœur et de toutes mes forces à m'y bien préparer. Pour demain, n'oubliez pas, et sans une faute !

La vache. Il ne manquait plus que ça. Freddy, qui me souriait par en dessous, ne vit pas venir la calotte du curé. Bien fait.

Pauline fut la première et la seule à me consoler en sortant. Elle glissa son bras sous le mien. Je la repoussai vivement. Non, mais, pour qui se prenait-elle ? Tu m'agaces à la fin, occupe-toi de tes oignons. Sa bouche en cœur de gamine, ses yeux de merlan frit finirent pourtant par m'attendrir et je la rappelai.

— Excuse-moi, c'est pas de ta faute.

On était à la traîne, elle se rapprocha de moi, heureuse, me proposant de m'aider pour la copie, le curé n'y verrait que du feu, on irait sous le hangar, on ferait la paix, dis, tu veux ? Elle avait des choses à me montrer que j'avais jamais vues. L'idiote. Si elle savait. J'ai dit : Non, ça pue trop là-dedans, et puis mon père m'attend à la maison. Salut ! Et je l'ai plantée là, avec ses pieds en dedans, ses mains bleues et ses cheveux filasse qui dégouttaient. Des fois que la Monette aurait besoin de moi pour les commissions.

38

Après le déluge, la canicule. Qui ne donna pas
tout à fait raison au curé. Pas tout à fait tort non
plus : la chaleur fut d'enfer, proprement suffo-
cante. Dans les prairies brûlées ou chauves, le
bétail errait la langue pendante et l'œil plus voilé
que jamais. Mon père se frottait les mains : le
bar-tabac ne désemplissait pas. Maman enten-
dait déjà l'eau bleue glouglouter dans la salle de
bains de ses rêves et clignait les yeux de bonheur
toute la journée, en essuyant la plonge. Moi, je
profitais de cette félicité familiale pour m'éclip-
ser et courir vers le Haut-Mal.

Le chnoque à lunettes n'avait pas reparu,
depuis la visite surprise du mari. Il prenait,
paraît-il, des vacances méritées. Bon débarras.
Mais la pluie est aussi le meilleur abri des
couvreurs : elle les oblige à prendre du repos. Le
couvreur avait donc vaqué toute une semaine à
ne rien faire comme un ours au chalet, pestant

contre tout, tandis que la Monette se rongeait les ongles.

Quand le soleil reprit le dessus, maître couvreur, délivré de sa vacance, courut au chantier. La maîtresse de maison, soulagée, restait alanguie cependant et comme absente à l'ombre des persiennes en fleur qu'un courant d'air agitait mollement. Des poussées de fièvre soudaines lui faisaient traverser les pièces moites, monter, descendre sans raison apparente, arpenter bras ballants le silence du chalet vide. Affreusement vide. Malgré ma présence : je ne comptais plus. C'est à peine si elle me voyait.

Je me remis donc à ma table de découpages. Attendant entre les seins de Gina Lollobrigida ou les longs cils d'Ava Gardner que la Monette me découvre enfin, m'appelle par mon nom, m'invite à ses côtés ou s'approche de moi, bruissante, cajoleuse. Que j'existe dans sa voix, dans ses gestes, dans ses yeux. Que je sois un homme, malgré mes culottes courtes. Qu'elle m'aime un peu, tendrement, lascivement, assez pour savoir que je suis plus grand que mes jambes et que je serai aimé un jour par une femme et que je ne la décevrai pas.

Il y eut un jour, il y en eut deux. Je venais, je m'asseyais, je découpais, je collais, je repartais. Elle ne bougeait pas, ne parlait pas, à peine si elle tournait la tête quand j'entrais. Elle écou-

tait, allongée sur son canapé, des chansons lan-
goureuses qui se désolaient à cause d'amants de
Saint-Jean ou de Saint-Pierre, j'ai oublié, de ser-
ments rompus, de mensonges répétés. Je n'exis-
tais pas plus pour elle que si j'avais été transpa-
rent et je commençais lentement à préférer
quand elle criait.

Comme si elle m'avait entendu penser, tout à
coup, elle se leva au milieu de la voix qui pleurait *dans la rue Pigalle*, attrapa un vase bien tranquille sur le guéridon et le lança à toute volée
contre le tourne-disque qui miaula un bon coup
avant de se taire dans un fracas de Dieu le Père.
Instinctivement, je fis le geste de me lever, elle se
retourna et, hurlante, les yeux injectés de sang,
se rua sur moi. Et toi, oui toi, tu m'emmerdes,
avec tes airs de sainte-nitouche. Je me couvris le
visage de mes mains, elle tira sur la chaise et me
jeta par terre. Avant que j'aie pu crier, elle fut
sur moi, tête-bêche. Son formidable cul m'écra-
sant la face. Tu les voulais, mes fesses, eh bien tu
les as ! Régale-toi bien, petit saligaud. C'est ça
qui vous intéresse tous, hein, rien que ça. Toi,
autant que l'autre. Tous pareils. Des couilles,
oui, mais à la première alerte, on décampe dare
dare, la queue entre les pattes. En vacances avec
bobonne, et rebonjour l'amour pépère. Ah, je le
retiens celui-là. S'il va me le payer, tu vas voir…

Moi, je ne voyais rien du tout, je suffoquais
sous son énorme croupe, tandis qu'elle me poi-

gnait les parties à même le short. À me les arracher. Comme si j'étais l'asperge traîtresse et que j'allais payer pour lui. C'en était trop.

Simon fit un mouvement brusque du bassin qui la déséquilibra suffisamment pour libérer un de ses bras coincé sous son genou. Sitôt rétablie, la Monette se redressa, comme piquée par un serpent.

— Mais c'est qu'il m'a pincé les fesses, le petit salaud ! Ah, tu ne perds rien pour attendre.

Plus vite relevé qu'elle, Simon ne demanda pas son reste et s'élança vers la cuisine. Trop tard hélas. Retenu par un pied, il trébucha et s'écroula comme une masse, la tête donnant à plein contre le chambranle.

39

Hé, ho, petit ! réveille-toi. Simon, tu m'entends ? Réponds-moi, Simon. Ne fais pas l'idiot.

Si les cloches ont sonné, les étoiles tourbillonné, Simon ne s'en souvient pas. Il se touche le front, Aïe. Ouvre un œil, qui tourne. Le referme, essaie l'autre, pas mieux.

Parfum épicé, alcool qui pince, petites tapes sur les joues. Un œil de nouveau : tiens, la terre s'est renversée, cette femme allongée sur le plafond, qui lui parle, dit son nom, ça y est, il la remet : c'est la Monette. Le tourne-disque fracassé, la lutte sur le tapis, son cul énorme, le croche-pied, la tête, Aïe, mon front. Ne touche pas, Simon, ça n'est rien. Plus de peur que de mal. Allez, aide-moi à te relever. Simon sourit faiblement, pauvrement : elle a prononcé son nom.

Le bras passé sous son aisselle, la Monette soutient Simon jusqu'au canapé où elle l'allonge comme un blessé ramassé sur la route et qu'il faut soigner. Ah, mon filou, tu m'as fait peur.

Simon laisse dire, laisse faire, avec un reste de mauvaise volonté qui cherche encore à la punir. Referme les paupières comme un vrai malade. Attentif au moindre souffle, au changement d'intonation. Frémissant d'avance aux froissements d'étoffe. La Monette dépose des baisers de papillon sur son front, ses tempes, ses yeux, l'arête du nez. Ses lèvres boudeuses. De moins en moins boudeuses. Surprises par le velouté et la chaleur, car elle ne l'a jamais encore embrassé là. Simon desserre un peu les dents comme Freddy dit qu'il faut faire quand on n'est pas le dernier des nigauds. La langue de la Monette s'infiltre tout de suite dans la brèche, s'entortille autour de la sienne. Feu dans les soutes, joues qui s'empourprent, queue qui monte et qui pointe, prête à tirer. Paumes glissant sur sa poitrine, son ventre ferme, le renflement de sa braguette qu'elles déboutonnent avec une lenteur consommée, une dextérité de petite main. Et cette boule dans la gorge de Simon, dont il ne peut, sous la pression des lèvres, se délivrer. La salive qui coule dans sa bouche. Il ouvre les yeux, mais ne distingue rien, la Monette est trop près, sa masse de cheveux l'aveugle. En cherchant un peu de recul, il touche un de ses seins, retire sa main comme sous l'effet d'une décharge électrique. Elle la lui reprend, ouvre son corsage et le guide lentement dans l'échancrure. Un éclair passe sous ses longs cils, elle relâche soudain sa pression sur le sexe qu'elle a sorti du short et dit dans un souffle Retiens-toi bien cette fois, hein. Tu vas voir comme c'est bon.

Ses lèvres gonflées, luisantes, tordues comme par une brûlure invisible, vont éclater. Elle a redressé son buste, où ma main qu'elle tient toujours malaxe, triture à qui mieux mieux sa chair. Comme le père Anselme sa boulange. La sueur perle sur sa peau. Agenouillée contre ma jambe, le visage à la renverse sous l'auréole enflammée de sa chevelure, elle ressemble à s'y méprendre à une sainte en extase, une de ces statues de plâtre coloré, à l'église, à côté du confessionnal, sous laquelle on mélangeait allégrement les Pater et les Ave de la pénitence avec de gros péchés tout frais. Lydie, Blandine, Rita, va savoir, la Monette semble en être, une réplique si parfaite, si vivante que j'ai peur soudain de voir le curé jaillir de sa boîte à rémission.

À cette pensée, Simon mollit. Mais la sainte furie ne l'entend pas de cette oreille. Avec une sauvagerie et une poigne de carnassier, elle rattrape le morceau Tu ne vas pas me faire ça, dis, pas maintenant. Elle lui replonge illico sa langue dans la bouche, en astiquant son membre avec une telle ardeur qu'il se redresse aussitôt. Simon sent bien qu'il ne va pas tenir longtemps à ce rythme, il gémit. Elle comprend tout de suite, arrête sa caresse, se relève et, passant sa robe par-dessus la tête de Simon, lui colle son ventre sur la bouche. Lèche-moi alors, lèche-moi bien, sur quoi elle se met à se frotter, mais d'une manière si frénétique et désordonnée qu'elle rend la chose quasi impossible. Cette touffe de poils qui irrite son menton et son nez le dégoûte plus qu'elle ne l'inspire, il en a assez tout à coup, une irrépressible envie de pleurer le saisit, une envie de mordre, de s'enfuir, de retrouver la paix d'avant avec son lapin au poil si doux, et l'adoration de Nico, et les champs de bataille infinis sous la table.

Elle s'est remise à crier, mais d'une voix étranglée, comme hors d'elle Mais qu'est-ce que tu attends ? Lèche-moi la chatte. Tu comprends le français, non ? Alors, vas-y, montre que tu es un homme, mets-moi toute ta langue et sers-toi de tes mains, bon sang, tu n'es pas manchot, écarte-moi. Simon n'y entend rien, c'est du chinois. Alors, lui saisissant les mains, elle se les plaque sur les fesses. L'inconfort de sa position oblige l'enfant à se rasseoir. Tous ces poils dans la bouche... Il tente de retirer une de ses mains pour...

— Écarte, j'ai dit.

Elle est complètement tapée. Une scène revient à Simon : l'écartèlement du corps de la sainte par quatre chevaux, dans *La légende dorée,* le seul livre de grand-mère qui l'ait jamais bouleversé ; une scène terrible sur laquelle il passait des après-midi à méditer, imaginant jusqu'à en avoir la nausée le déchirement des chairs, le sang qui gicle, le craquement des os, et c'est ça pourtant qui l'avait fait partir la première fois à longs jets chauds dans sa culotte, sans qu'il se touche.

Écarte !

Simon n'en peut plus, il a mal, les larmes lui viennent et il se met à hoqueter comme un asthmatique, le visage enfoui dans sa brousse. Le jeu s'arrête net. La Monette se relève, rabat sa robe d'un geste sec, mais Simon veut l'empêcher de partir, il la serre contre lui de toutes ses forces. Elle peut le battre tant qu'elle voudra, il ne lâchera pas.

— Fiche-moi le camp, dit-elle, d'une voix sourde, en appuyant sur la tête de l'enfant. Et ne remets plus jamais les pieds dans cette maison. Tu m'entends, Simon ? Plus jamais.

40

Entendre ce que j'avais sur le cœur, maman ne le pouvait pas. Elle écoutait le glouglou de sa baignoire. Qui se rapprochait de plus en plus. Qu'elle confondait sans doute avec la pluie crépitante. Un petit orage de rien du tout qui faisait s'attarder les consommateurs du bistrot. Pas de quoi fouetter un chat. Pas le temps non plus d'écouter mes histoires à dormir debout. Maman qui comptait, recomptait la caisse comme chaque soir. Fébrile. Lavabo émaillé, une liasse ; bidet, une autre ; baignoire, robinetterie chromée, trois autres ; carreaux de faïence, deux ; lino ou carrelage, trois de plus, c'est-à-dire encore une bonne semaine au moins à ce régime. Est-ce qu'elle allait tenir jusque-là ? Elle ne dormait plus. Alors, toi, tes sornettes, ça commence à bien faire ! Va, fais ce qu'on te demande et ne t'attarde pas. On n'a pas trop de bras ici.

La Monette avait crié Jamais plus et elle me relançait à nouveau, elle me relançait.

J'ouvrirai sa porte, je déposerai ses courses sur la table avec le compte à régler à ma mère, je ne la regarderai pas, je fermerai la porte et je m'en irai. Croix de bois, croix de fer, si je mens, j'irai en enfer.

Simon crache par terre. C'est dit, elle ne l'y reprendra plus.

41

Il aura suffi d'un éclair de cuisse, de l'arrondi d'une épaule qu'adoubait la fine bretelle du soutien-gorge, du sillon plongeant dans le décolleté, pour faire fondre en un instant toutes les résolutions de Simon.

Dès qu'il la vit allongée sur le canapé dans sa robe rouge, cette robe à boutonnière si lâche qu'elle bâillait toujours un peu comme une invitation, offrant aux regards indiscrets, ici un croissant de chair blanche à la lisière du bas, là toute une série de jours savamment ménagés pour remonter vers la source secrète ; dès qu'il la vit ainsi, endormie de tout son long, Simon sut qu'il était à sa merci, que son ressentiment passé, son dégoût avait coulé comme l'eau qui dégouttait dans son cou, que toutes ses armes ne valaient pas un clou, qu'elles glissaient de ses mains molles et mouillées, que tout allait revenir comme avant, l'affolement, la joie, la montée au ciel, les cris, l'effroi et la déréliction finale ; et qu'il retournerait encore et encore vers la maison, les yeux brouillés de larmes, en marmonnant des paroles assassines, tapant du pied dans les cailloux du chemin, les taupinières et coupant les têtes des hautes graminées. Il sut tout cela, le corps transi sur le seuil du salon, dégoulinant de pluie et de lâcheté, oubliant le carton rempli de courses sur son bras ankylosé, et les recommandations de sa mère et ce qui l'attendait au retour s'il s'attardait, l'engueulade, les coups, l'internat et la détresse. Il sut tout cela, agenouillé au pied du canapé, retenant son souffle, la main sur la bouche, les paupières brûlantes, les pupilles dilatées, cherchant à voir au-delà du visible, à tirer tout le suc de cette image en trois dimensions : une odalisque couchée sur le canapé vert comme Silvana Pampanini dans *La femme qui inventa l'amour,* une de ses préférées parmi les patiemment découpées et collées qu'il embrassait le soir en douce sur son cahier, la main touchant son sexe avant de s'endormir. Il sut tout cela et le reste, ignorant la douleur des genoux, la crispation des muscles du dos, et concentrant toute son attention et sa fièvre muette sur le cou largement dénudé, vers cette poitrine qu'un seul petit bouton de rien du tout maintenait au secret, mais que chaque nouvelle inspiration menaçait de faire céder. Et Simon encourageait de toutes ses forces le bouton à ne plus résister, allez allez vas-y, il se mordait la lèvre inférieure et se tordait les doigts pour ne pas donner le coup de pouce nécessaire ou alors il cherchait alentour une diversion quelconque, le papier peint par exemple, et tout de suite les grosses fleurs se mettaient à bourdonner sous ses tempes et le ramenaient à la nuque de l'odalisque où folâtraient les petites mèches en fusion. Retour inévitable à la case départ, au corsage entrouvert, à cette petite sentinelle de nacre qui faisait du zèle à l'entrée du canyon. Et lui, comme un imbécile, qui restait là, haletant et craintif, dans l'espoir d'un miracle qui ne venait pas, et tandis que tout en lui s'échauffait, une crampe violente le surprit, il ouvrit la bouche pour crier, mais la Monette choisit ce moment précis pour se tourner légèrement, et le bouton céda, libérant la poitrine abondante qui roula sur le canapé, bloquant instantanément la respiration du gamin audessus du sternum, si bien qu'il se sentit comme coupé en deux, sans bras, sans tête, les yeux plantés sur les globes laiteux, tandis que son ventre était traversé de fines aiguilles.

Simon ne vit pas que la Monette avait entrouvert les yeux un instant. Quand il eut récupéré son souffle, toutes ses mains, détaché son regard de la poitrine, il s'assura qu'elle dormait toujours et parcourut à main levée les courbes du corps jusqu'à la pointe des pieds. Ses doigts brûlaient. S'il ne se risquait pas plus avant, il allait se consumer tout entier sur place. Il souleva le plus délicatement possible un pan du tissu rouge et l'écarta autant qu'il put, tout en surveillant la Monette. Il ne fallait pas qu'elle se réveillât. Ma main tremblait, un bouton sauta encore, et j'eus d'un coup sous les yeux la confirmation de ce que je soupçonnais en le redoutant : elle ne portait rien dessous que ses bas. Simon était déçu et un peu surpris de sa déception. Il se sentait comme volé en regardant ce fouillis de poils bouclés. Il ne retrouvait rien de l'émotion éprouvée la première fois quand elle le lui avait montré en plein magasin. La dernière séance lui avait décidément joué un mauvais tour. Il remit délicatement le tissu en place, voulut se relever, mais une main l'en empêcha, qui pesait sur son cou, le forçait à baisser la tête, à fouiller entre les cuisses. Simon fit un geste brusque pour s'arracher à la prise, mais plus vive que lui, elle réussit encore à accrocher une de ses jambes et il s'affala sur la moquette. D'un bond, elle fut sur lui, tigresse, criant, tapant, déchaînée Mais tu n'as pas honte, sale petit garnement, tu n'as pas honte ? Profiter de son sommeil pour déshabiller une femme comme moi, une femme de mon âge, qui pourrait être ta mère. Tu es un vrai dégoûtant. Mais qu'est-ce que tu croyais ? que je t'attendais ? C'est ça que tu croyais ? Mais regarde-toi, regarde-toi, tu n'es qu'un pauvre gamin, un sale petit morveux que je vais reconduire par les oreilles chez sa mère et, crois-moi, je ne vais pas me priver du plaisir de lui raconter tes cochonneries dans le détail. Ah, là, tu vas voir ce que tu vas voir.

— Pardon, Monette, pardon, gémissait Simon, qui se protégeait le visage des coups comme il pouvait. Je voulais seulement vous regarder un peu, parce que vous êtes belle. Pardon, je ne le ferai plus, mais ne dites rien à ma mère. Ils me tueraient. Pardon. Je ferai tout, tout ce que vous voudrez, je…

— Assez, trancha-t-elle, ce n'est pas tes pleur-nicheries qui vont changer quoi que ce soit à ce que tu viens de faire, tu m'entends ? Elle était au-dessus de lui à présent, debout, un pied sur le dos de Simon, rythmant sur sa colonne verté-brale chacune de ses paroles Tu-es-un-petit-hypocrite, qui m'espionne tant qu'il peut et puis qui joue les sainte-nitouche. Mais je vais te dresser, moi, je-vais-te-dresser-moi, et gare à toi si tu me désobéis encore ! Relève-toi !

Elle fit une pause, releva d'une main sa cheve-lure de lionne. Ses yeux étaient glacés, glaçants. Elle rentra son gros sein qui pendait, rajusta sa robe et s'assit sur le bord de la bergère la plus proche Viens ici et baisse ton short. Tu vas recevoir la fessée que tu mérites. Interprétant le mouve-ment de recul de l'enfant comme un refus, elle rugit Ah, mais c'est comme tu veux, mon garçon. Allons chez ta mère, et elle fit semblant de se lever.

— Non, cria Simon.

— Alors, allonge-toi sur mes genoux, et pas un mot.

Quand les coups s'arrêtèrent, Simon voulut se redresser. Son postérieur lui brûlait, mais elle le maintint en lui enfonçant son coude dans le dos. Simon n'en pouvait plus, il avait envie d'éternuer, les poils du tapis chatouillaient ses narines, il reniflait la poussière et ses larmes. Soudain, quelque chose comme une lame perça entre ses fesses et lui arracha un cri de douleur qui le fit rouler sur le tapis. En se tenant le derrière, il regarda, effaré, stupéfait cette femme, le doigt en l'air, qui le narguait avec une sorte de rictus sur le visage.

Comme si la terre avait basculé d'un seul mouvement sur son axe, avec la mer, le ciel et les étoiles, tout ce qu'il croyait connaître lui apparut soudain étranger, lointain et insupportablement net à la fois : cette femme n'était pas une femme, mais un monstre déguisé en femelle, une sorcière sortie toute vive d'un livre de Nico, méchante, perverse et laide, et grosse avec des verrues à la place des yeux, du sang sur les lèvres, un corps et des jambes difformes ; et ce salon était un antre plein de visages affreux qui sentaient la mort à plein nez.

En un instant, quelque chose de dur, de tranchant se fit en Simon. Il se leva sans un mot, se rhabilla. La femme voulut se lever à son tour, mais Simon la repoussa violemment. Si violemment qu'elle retomba comme une loque dans la bergère. Sans attendre, Simon se précipita vers la sortie, renversant une chaise dans la cuisine, claquant la porte.

Sur le seuil, il heurta l'homme qui arrivait, sa sacoche à la main. Eh là, jeune homme, vous pourriez faire attention, cria le médecin, mais Simon était déjà dehors et il ne se retourna pas. Qu'ils crèvent tous les deux !

Elle pouvait bien lui dire tout ce qu'elle voulait, à sa mère, Simon n'avait plus peur. Un ressort s'était cassé en lui et il avait grandi d'un coup. Qu'il y vienne le pion, au collège, qu'il y vienne ! Il marchait au milieu du chemin et tous pouvaient le voir, et tout rapporter à son père. C'était fini, fini, fini.

Il marchait à grands pas dans ses pensées quand un long coup de klaxon lui fit lever la tête. Il ne reconnut pas tout de suite la fourgonnette du couvreur. Simon s'était arrêté au milieu du chemin, et restait là, perdu et soudain sans force, comme un malade à la fenêtre de sa chambre, derrière son rideau de larmes. Quand le couvreur lui toucha l'épaule, l'enfant sursauta, puis il vit la portière ouverte, les herbes du fossé, le soleil éclatant sur le pare-brise, l'ombre de l'échelle qui dépassait le toit de la carlingue. L'homme lui parlait, mais c'était comme dans une autre langue, et quand le couvreur essaya de plaisanter, l'enfant se laissa simplement couler dans les bras de cet homme rassurant, aux muscles de cheval, qui sentait bon la sueur. Le couvreur voulait qu'il s'explique et Simon fit un effort pour dire quelque chose, mais aucun son ne sortit de sa bouche. Alors l'homme dit Est-ce que c'est ma femme ? et comme Simon n'avait pas l'air de comprendre, il dit Est-ce que c'est la Monette ? Un éclair traversa Simon, il se raidit. Le couvreur le prit par les épaules et, s'agenouillant, le regarda bien en face Dis-moi, petit, c'est elle ? Qu'est-ce qu'elle t'a fait, qu'est-ce qu'elle a fait pour te mettre dans cet état-là ? Bon sang, réponds-moi, gamin. Simon se dégagea, essuya ses larmes du plat de la main et, droit dans les yeux, lui rendit son regard. Sans ciller.

Le couvreur secouait la tête de gauche à droite en répétant Bon Dieu, c'est pas vrai que ça l'a repris, c'est pas vrai.

Se redressant brusquement, il grimpa dans la fourgonnette et, sans prendre la peine de fermer la portière, démarra en trombe vers le Haut-Mal.

42

Si seulement ç'avait été des bonbons roses, au lieu du bout cramoisi de ses seins ; si seulement elle me les avait montrés avec un brin de retenue, de la délicatesse, que sais-je, en rougissant un peu, au lieu de me les enfourner comme un paquet de linge sale dans la gorge ; si seulement elle m'avait enveloppé en douceur dans sa voix de renarde, traînante comme la steppe, au lieu de crier tout de suite comme une virago Suce, mais suce donc, et lèche et écarte et va-t'en d'ici, petit salopiaud, tu n'es pas un homme ; si elle m'avait aimé seulement, rien qu'un peu, même pour rire, par simple compassion pour moi si curieux et si gêné à la fois,

j'aurais pu continuer longtemps mes visites en cachette au chalet, à la regarder marcher, croiser les jambes, à découper des beautés dans les magazines en attendant le grand jour ; j'aurais accepté sans problème de fermer les yeux sur l'asperge à lunettes et sur le cocu trop bien perché ; j'aurais rangé sans regret mes soldats de plomb dans la boîte à chaussures au fond de la vieille commode du grenier, volontiers donné mon lapin à Nico et son congé définitif à Pauline derrière les barils de benzine du hangar, afin d'apprendre lentement tout ce qu'il faut savoir pour marcher avec une rose à la main, vers la jeune fille aux jambes nues que j'attendais, et qui ne viendra plus, tout partager avec elle et être sans secret. Mais la Monette a tout gâché en me prenant pour un jouet qu'on jette une fois le plaisir passé, et c'est pourquoi je ne peux plus entendre la mer au fond du jardin, mais seulement les cris de toutes celles que j'ai brisées à mon tour en jouant, insatisfait toujours, cynique, odieux, faute de retrouver sous la carapace du temps la fraîcheur, l'émotion, le tremblement de l'enfant que je fus, et le vertige et la foi de l'amour ; et c'est pourquoi je vais mourir seul, rejeté, cassé, dans cette caravane enfoncée au bord de la forêt et de la nuit, sans enfants, sans amis, avec cet été à jamais noir, comme un bas autour du cou.

DU MÊME AUTEUR

Aux Éditions Gallimard

LA VIE PROMISE, poésie, 1991.

LE PÊCHEUR D'EAU, poésie, 1995.

VERLAINE D'ARDOISE ET DE PLUIE, 1996 (Folio, n° 3055).

ELLE, PAR BONHEUR, ET TOUJOURS NUE, 1998 (Folio, n° 3671).

ÉLOGE POUR UNE CUISINE DE PROVINCE suivi de LA VIE PROMISE, 2000, Poésie/Gallimard.

PARTANCE ET AUTRES LIEUX suivi de NEMA PROBLEMA, récits, 2000.

OISEAUX, *illustrations d'Hervé Coffinières*, Hors série Voiles, poésie, 2001.

UN MANTEAU DE FORTUNE, poésie, 2001.

UN ÉTÉ AUTOUR DU COU, roman, 2001 (Folio, n° 3813).

PETIT PRINTEMPS PORTATIF, anthologie (H.C.), 2002.

Chez d'autres éditeurs

MARIANA, P.ORTUGAISE, Le Temps qu'il fait, 1991.

CHEMIN DES ROSES, *en collaboration avec Bernard Noël (huit dessins de Colette Deblé)*, L'Apprentypographe, 1991.

TACATAM BLUES, Cadex éditions, 2000.

LE SEUL JARDIN (sérigraphies de François-Xavier Fagniez), éditions Rencontres, 2001.

LES EAUX NOIRES (avec une peinture originale de François-Xavier Fagniez), Area, 2001.

D'EXIL COMME EN UN LONG DIMANCHE, MAX ELSKAMP, La Renaissance du Livre, 2002.

COLLECTION FOLIO

Dernières parutions

Composition Imprimerie Floch.
Impression Liberduplex
à Barcelone, le 20 janvier 2003.
Dépôt légal : janvier 2003.

ISBN 2-07-042706-4 / Imprimé en Espagne.